Animal Farm

up ollenborger Plattdütsk
van

Paul Brägelmann

Aal Biebaote helpt wat!

Ein Wort vörweg

Wenn ein' ein Bauk van't Engelske in't Plattdütske äöwersetten un naovertellen will, dann kann et enlick nich angaohn, dat hei den engelsken Titel einfach staohn' lett. Bi miene Arbeit an Orwells ›Animal Farm‹ wull et mi allerdings nich glücken, 'n önlicken plattdütsken Titel för ›Animal Farm‹ tau finnen. Nich, as wenn et för dei Vokaobeln *Animal* un *Farm* kien plattdütsk Wort gäben dait, so nich. *Tier* för *Animal* un *Buurei* för *Farm,* dei beiden Wör beiet sick ja an. *Buurei* is in den Fall van ›Animal Farm‹ aower partout nich tau bruuken, weil dei gägen ehrn Buurn revoltierenden Tiere för sick aals afflähnt, wat an ehrn ›Quälgeist‹, ehrn Buurn, erinnern kunn, den aower nich angripp. Sei passt uck up, dat sei nich sünner Arge van sick sülben as ›Veih‹ schnacken daut. Dordör wedd nich bloß för dei Tiere dat Wortfeld ›Tiere up'n Buurnhaowe‹ 'n masse lüttker: Peer as Wallache oder Rindveih as Ossen kaomt in Orwells ›Animal Farm‹ nich vör. – *Manor Farm* is so wat Ähnlicks as'n *Meyerhoff.*

Paul Brägelmann

Umschlaggestaltung: Jürgen Uhlmann, Vechta
Tiervignetten: Margret Eckhoff, Vechta
Satz: Marlies Völker, Vechta
Druck: Rießelmann Druckerei, Lohne, 2008
ISBN: 978-3-00-024996-9

Für die Übersetzung diente als Vorlage: Georg Orwell, Animal Farm Full text edition
General Editors: Andy Hopkins and Jocelyn Potter
Longman Group 2007

Vorwort

Paul Brägelmann hat sich mit der Übersetzung eines Werkes der Weltliteratur ins Plattdeutsche einer ungewöhnlichen Aufgabe gestellt – und sie meisterhaft gelöst. Der zugrunde liegende Roman »Animal Farm« des englischen Autors George Orwell eignete sich dafür in besonderer Weise, da die Handlung sich ausschließlich auf einem Bauernhof abspielt und somit einen reichen Wortschatz aus diesem besonderen Umfeld bietet. Darüber hinaus ist diese Tierfabel inhaltlich faszinierend, da sie in anschaulicher und unterhaltender Weise menschliche Verhaltensweisen schildert, an denen große idealistische Staatstheorien gescheitert sind.

Die erste Hälfte des 20. Jahrhunderts war in politischer Hinsicht geprägt von der Aufrichtung zweier totalitärer Systeme, einerseits der stalinistischen Herrschaft in der Sowjetunion, andererseits der Hitlerdiktatur in Deutschland. George Orwell, der als aktiver Teilnehmer am Spanischen Bürgerkrieg für die Linken kämpfte, hatte dort bereits enttäuschende Erfahrungen im Kampf für die vermeintlich gute Sache des Sozialismus gemacht. Empört war er, als er beobachten musste, wie in der Sowjetunion unter der Regie Stalins die Idee des Sozialismus in ihr Gegenteil verkehrt wurde: politische Gegner wurden in Schauprozessen liquidiert, so genannte Klassenfeinde wurden millionenfach ausgerottet, die Aufrichtung der bedingungslosen Herrschaft einer kleinen Minderheit bildete den Schlusspunkt all dieser Maßnahmen.

So war es nicht verwunderlich, dass der politische Idealist Georg Orwell sich herausgefordert fühlte, die Perversion der Idee des Sozialismus, wie sie sich in der Sowjetunion zeigte, in der Tierfabel »Animal Farm« zu brandmarken, einer Erzählung, in der der Verlauf eines Aufstands der Tiere gegen ihren Besitzer, den Bauern Mr Jones, geschildert wird.

Wer wäre besser geeignet als Dr. Paul Brägelmann, »Animal Farm« dem plattdeutschen Sprachraum zugänglich zu machen? Aufgewachsen in einem Elternhaus, in dem Plattdeutsch die tägliche Kommunikationsbasis war, war er zugleich durch die Einbettung in die landwirtschaftlich geprägte Dorfgemeinschaft von frühester Kindheit an mit allen Facetten bäuerlichen Lebens vertraut. Der tiefen Verwurzelung in seiner südoldenburgischen Heimat, seiner großen Vertrautheit mit der plattdeutschen Sprache, seiner ausgeprägten Beobachtungsgabe und seinem untrüglichen Gefühl für alles Menschliche haben seine bisher veröffentlichten Erzählungen wie z. B. die Geschichten um »Braoms« und »Reuklosen« ihren großen Erfolg zu verdanken. Aber wie schon in der Übertragung der Geschichten von »Max und Moritz« ins Plattdeutsche handelt es sich in dem vorliegenden Buch um einen Text, der in enger Anlehnung an eine Vorlage entstanden ist.

Es ist Paul Brägelmanns besonderes Verdienst, ohne die Vorlage in ihrer inhaltlichen oder gedanklichen Eigenheit zu verfälschen, diese in eine authentische plattdeutsche Erzählung verwandelt zu haben. Mit spielerischer Freude am Detail konkretisiert er gelegentlich abstrakt anmutende Textpassagen; dem Englischen eigene komplexe Satzkonstruktionen bricht er zugunsten einer dem Plattdeutschen eigenen Klarheit in markante, kurze und einprägsame Sätze auf. Selbst einige Gedichte aus der Vorlage hat er erfolgreich übertragen.

Der Leser mit plattdeutschem Hintergrund ist sehr dankbar dafür, dass Paul Brägelmann an keiner Stelle dem gängigen Vorurteil Nahrung bietet, dass das Plattdeutsche gekennzeichnet sei durch derbe Ausdrücke und dümmliche Vereinfachungen, dass die Sprache altertümlich, sonst aber im Großen und Ganzen nur eine andere Form des Hochdeutschen sei. Paul Brägelmann hat wie schon in seinen vorhergehenden Veröffentlichungen bewiesen, dass das Plattdeutsche eine eigene Sprache ist und dass es möglich ist, mit ihrem umfassenden Wortschatz detailgenau konkrete Dinge und Sachverhalte insbesondere aus dem ländlichen Leben zu schildern. Daher kann man dem Buch nur wünschen, dass es einen großen Leserkreis findet. Ganz abgesehen davon, dass es einige unterhaltsame und vergnügliche Stunden verspricht, wird es dem Einzelnen sicherlich als sprachliche Fundgrube dienen.

Aus diesem Grunde eignet sich das Buch auch hervorragend zur Lektüre an Schulen. Es kann dazu beitragen, die Freude der jungen Generation an der Sprache ihrer Region zu wecken oder zu beleben; ihr Interesse daran, wie vorhergehende Generationen gelebt haben, kann gestärkt werden, und überdies wird sich so mancher Schüler, der »Animal Farm« auf seinem Leseplan hat, darüber freuen, der Verwandtschaft des Plattdeutschen mit dem Englischen nachzuspüren.

Kerrin und Gerd Tebben, OStR

Prof. Dr. Wilfried Kürschner
Universität in Vechta

Kapitel I

Mr Jones, dei Buur up dei ›Manor Farm‹ (*Meyerhoff*) haar dei Hauhnerställe för dei Nacht affschlaoten, haar aower vergäten, dei Hauhnerlöcker dichtetaumaoken, so besaopen was hei. Hei taokelde dwesk äöwer'n Hoff. Wägen den wackeligen Schien van siene Petroleumslucht sehg dat noch besünners spektaokelig uut. Bi dei Sietdörn schmeet hei siene Stäweln achteruut, tappde sick inne Waschkäöken uut sien Beierfatt noch 'n Glas in un fünnd uck nao't Bedde hen, wor Mrs Jones, sien Menske, all inneleeg tau schnarchen.

Forts naodem, at dei Lucht inne Schlaopkammer uutgüng, hörde man, äöwerall up'n Haowe rüspelde und flutterde wat. Äöwer Dag was säggt worn, dat dei Major, dei prämierte witte Eber, inne vergaohn Nacht 'n komischen Droom hat haar, den hei dei ännern Tiere wäten laoten wull. Man haar sick einigt, dat sick aal inne grooten Schürn draopen wullen, forts, wenn dei Buur man nich mehr in 'n Wäge was. Old Major (so wüdd hei näumt, wenn hei uck ünner den Naom Wellington Beauty prämiert worn was) was uppe Buurei so daon' respektiert, dat jederein sofort inverstaohn was, eine Stunn' Schlaop tau opfern, üm dat tau hörn, wat hei vertellen wull.

Up den ein' Enn' vanne grooten Schürn, 'n bittken höger, up so 'ne Aort Plattform, haar dei Major sick dat all up'n poor Schöwe Stroh bequem maokt, ünner 'ne Lucht, dei van ein Balken herdaolhüng. Hei was twölf Johr oolt un was inne lästen Tied ziemlich fett worn. Hei was aower immer noch ’n Schwien, dat allein all dör sien Uutkieken Respekt infödderde, dorbi aower uck noch ’n listigen un fröndlichen Indruck maoken dö. Wägen siene gewaltigen Tuusken, dei seläwe noch nich kött’t worn wassen, möss man sick doräöwer wunnern.

Dat dürde nich lang, do kömen uck dei ännern Tiere. Jedet mök sick dat up siene Aort kommaudig. Tau eierste kömen dei drei Hünn’: Bluebell, Jessie un Pincher. Dann dei Schwiene, dei sick direkt gägenäöwer dei Plattform in’t Stroh leggen dön’. Dei Häuhner sett’den sick up dei Fensterbänke. Dei Duuben flögen hoch bit in’t Haohnenkipp. Dei Schaope un dei Kaih län sick achter dei Schwiene daol un füngen an tau horkaun. Dei beiden Arbeitspeer, Boxer un Luzi, kömen tausaome herin, güngen ganz langsaom un sett’den ehre weusten, hoorigen Häuwe ganz vörsichtig daol. Sei lett’den up dei lüttken Tiere, dei sick in’t Stroh verstoppt haarn. Luzi was ’ne Mährn, ’n bittken füllig, dei ehr mittlere Öller all wat dichter köm. Nao ehr veierte Föllen haar sei ehre Figur so ganz gaut nich weer henkrägen. Boxer was ein vöraff kräftig Tier, bolle achtaihn Handbreit groot un jüsso stark as twei gewöhnliche Peer, wenn man dei tausaomespannen dait. Wägen siene witten Blässen up siene Näsen sehg hei man dumm uut, un tatsächlich was hei nich dei Intelligenteste, aower hei wüdd wägen siene Staodigkeit, wat sien Charakter un siene Arbeitskraft anbelangen dö, allgemein respektiert. Nao dei Peer kömen Muriel, dei witte Zäge, un dei Äsel Benjamin herin. Benjamin was dei Öllste uppe Buurei, un hei haar dei allerleipste Natur. Ganz selten sä hei wat, un wenn eiß maol, dann mök hei irgend so eine zynische Bemerkung: Gott haar üm den

Stert gäben, dat hei dei Fleigen wegjaogen kunn, hei haar aower leiwer kien Stert un kien Fleigen hat. As einzige Äsel tüssken aal dei ännern Tiere uppe Buurei was hei vereinsaomt, un lachern dö hei seläwe nich. Wenn man üm dornao frög, sä hei, dat hei nicks sehg, wor man äöwer lachern kunn. Trotz alldem, aohne dat hei dat taugeev, was hei recht nett tau Boxer. Dei beiden verbröchden ehre Sönndaoge tausaomen in dei ›Lüttken Weide‹ achter den Appelgorn, gräsden näbenänner, mit'nänner schnacken dön' se aower nich.

Dei beiden Peer haarn sick jüst henleggt, at'n Sittels Aontküken, dei ehre Mama verlorn haarn, ein' achter'n änner inne Schürn köm. Dei piepden ängstlich un trücken hen un her, üm 'n Platz tau finnen, wor se nich dootträn wüdden. Luzi mök mit ehr lange Vörderbein wat van'n Mürn üm ehr tau. Dei Aontküken sett'den sick dor forts midden herin un füngen prompt an tau schlaopen. As allerläste köm Mollie, dei an sick dusselige, aower doch fiene witte Mährn, dei Mr Jones sien Jick trecken dröff. Sei nöhm sick 'n Platz duun vör dei Plattform un füng an, mit ehre witten Mähn' tau tänneln, üm up dei roen Schleifen, dei sei sick dor inflochten haar, upmerksaom tau maoken. Dann köm uck noch dei Katte, keek sick, so as sei dat immer dö, nao den warmsten Platz üm', un drängde sick tüssken Boxer un Luzi. Dor schnurrde sei dann recht taufräe sowießen at dei Major sprök, aohne up ein einzig Wort tau lustern, wat Old Major sä. Bit up Moses, dat was dei tamme Kraih, wörn do aal Tiere kaomen. Dei Kraih seet up'n Staoken achter dei Sietdörn un schlöp.

At dei Major sehg, dat sick et aal bequem maokt haarn

un uppassen dön', schrammhausde hei un riskede sick. Dei ännern Tiere markden, dat üm dat wichtig was, wat hei säggen wull.

»Kameraoden, gi häbbt dat van mien komischen Droom vergaohn Nacht ja all hört. Dor kaom ick naoher up. Eierste mott ick up wat änners ingaohn. Kameraoden, ick glöwe nich, dat ick noch so manchen Maond bi jau bin, un bevör ick dootgaoh, ick meen, is dat miene Pflicht, miene Erfaohrungen, dei ick sammelt häbbe, an jau wietertaugäben. Ick häbb lange lävt, un ick häbb 'n masse Tied hat naotaudenken, wenn ick allein in mien Stall leeg, un ick denke, ick draff säggen, dat ick dat Wesentliche van't Läben up disse Ern wenigstens so gaut verstaohn häbbe as irgendein änner Tier, dat hütigendaogs läben dait. Dat is et, wor ick wat tau säggen will.

Nu eiß tau, Kameraoden, wo is dat einlick mit uuse Läben? Laot us dor upkieken: Uuse Läben is bedreuvt, maihterig un kort. Wi werd geborn, kriegt jüst so väl tau fräten, dat wi 't Aomhaolen nich taugäft, un dei van us, dei van Natur uut kräftig un taoh sind, dei werd bit tau ehre allerlästen Kraft dwungen tau knojen, un genau dann, wenn se verschläten sind, dann werd se – dann werd wi aal up 'ne gräsige Aort un Wiese schlächt. In England kennt nich ein Tier, dat öller is as ein Johr, wat Glück oder uck Freitied bedütt. In England is nich ein einzig Tier frei. Uus Läben is nicks as Elend un Sklaoverei. Dat is dei absolute Waohrheit.

Aower is dat natürlickerwiese so? Ligg et doran, dat uuse Land för dei, dei hier läben daut, nich genaug hergiff? Nee, Kameraoden, duusendmaol nee! In England is dat Land fruchtbaor, dat Klima is gaut, uuse Land häff mehr as genaug Kraft, Fauer för väl mehr Tiere antaubaun, as dor upstünns läben daut. Uuse Farm hier kunn 'n Dutz Peer, twintig Kaih un mehrere hunnert Schaope drägen. – Un aal mit'nänner kunnen in Luxus un Würde läben, so as wi us dat vandaoge nich eiß vörstellen käönt. Worüm einlick maokt wi bi disse elennigen Verhältnisse aal man so wieter? Weil bolle aals, wat wi dör uuse Arbeit schaffen daut, us van menschlicke Wäsen klaut wedd. Wi häbbt ein einzigen Feind. Un dat is dei Mensk. Kameraoden, schafft den Mensken aff! Dann is dei Wurreln, dei Ursaoke von Hunger un tau harte Arbeit, ein för aal Maol uut dei Welt. Dei Mensk is dei einzige Kreatur, dei vertehrt, aohne tau produziern. Hei giff kien Melk, hei legg kien Eier, hei is tau schwack, 'n Plaug tau trecken, hei kann nich drocke genaug loopen, üm Kaninkes tau griepen. Un trotz alldem is hei dei Herr äöwer aal Tiere. Hei krigg se anne Arbeit, giff ehr jüsso väl tau fräten, dat se nich verhungert, un aal dat, wat dor dann äöwer is, dat behollt hei för sick. Uuse Arbeit maokt dat Land för dei Insaot farig, uuse Mess düngt Wissken un Weiden, un trotzdäm is dor nich ein' tüssken us, dei mehr häff as sien eigen Fell. Gi Kaih dor, woväl Liter Melk häbbt gi vergaohn' Johr gäben? Un wat is mit dei Melk maokt worn, wor an un för sick kräftige Kalwer mit upsöpt wern schullen? Jeder Draopen is dörn Hals van uuse Feinde flaoten. Un gi Häuhner, woväl Eier häbbt gi 't läste Johr leggt, un woväl Küken sind dor uut schlüpft? Verdammt wenig. Dei sind verköfft worn, Geld schullen se bringen för Jones un siene Lüe. Un du, Luzi, wor sind dei veier Föllens bläben, dei du krägen häss, dei di in dien oolen Dag ünnerstützen schullen, wor du Fraide an häbben schulls? Aal veier sind, wenn se 'n Johr oolt wörn, verköfft worn – seläwe nich süss du dor ein van weer. As Dank dorför, dat du veiermaol 'n Föllen krägen häss, un för aal diene Arbeit up'n Lann', häss du mehr hat as halvsatt tau fräten un'n Stall för di?

Un dat kummp dor ja noch taubi: Uuse jämmerliche Läben draff nich eiß sien natürlick Enn' finnen. Ick persönlick draff nich klaogen, ick bin ein' van dei Glücklichen. Ick bin twölf Johr oolt un häbb äöwer veierhunnert Kinner hat. Dat is 'n Läben, as et 'n Schwien taukummp. Aower nich ein Tier kummp an'n Enn' vör dat gräsige Mest weg. Gi dor, gi Löperschwiene, nu sitt't gi vör mi, aower dat dürt kien Johr mehr, dann quiekt gi inne Schlächterei üm jau Läben. An nich ein' van us gaiht disse Schrecken vörbi – anne Kaih nich, anne Schwiene nich, anne Schaope un Häuhner nich. Nich eiß dei Peer un dei Hünn' gaiht et bäter. Du, Boxer, eines gaun Daogs, wenn diene gewaltigen Muskeln ehre Kraft verleisen daut, dann verköff Jones di an'n Peerrössker. Dei schnitt di den Hals dör un kaokt di gaor för dei Fossjagdköters. Un wat dei Hünn' angaiht, wenn gi oolt werd un jau dei Tähn uutfallt, dann binnd Jones jau 'n Backstein an'n Hals un schmitt jau in den nächsten Diek.

Is dat dann nu nich kristallklaor, Kameraoden, dat aal dat Leipe in uuse Läben siene Ursaoke in dei Tyrannei van dei Mensken häff? Wi bruukt bloß den Mensken loswern, dann bliff dat Produkt van uuse Arbeit uuse eigen. Wenn us dat einigermaoten gaut glücken dait, dann käönt wi minner off mehr äöwer Nacht riek un frei wern. Wat mäöt wi dann nu maoken? Worüm einlick arbeit't wi nich Dag un Nacht mit Liev un Säl dorför, dei menschlicke Rasse tau besiegen?

Dat is miene Botschaft för jau, Kameraoden: Revolution! Ick weit nich, wann disse Revolution uutbräck, villicht all in eine Wäken, villicht noch man in hunnert Johr, aower ick weit, so sicher as ick dat Stroh ünner miene Pooten seih, dat sick dei Gerechtigkeit uppe Duur dörsett't. För den Rest van jau Läben mäöt gi dat in't Ooge nähmen: Dat Wichtigste is, gäft miene Botschaft an jau Kinner wieter, dat dei Generationen, dei nao jau kaomt, den revolutionären Kampf dörstaoht – bit taun endgültigen Sieg.

Un Kameraoden, bedenkt dit, gi dräöft, wat jaun Globen an uusen Sieg angaiht, seläwe nich 'n Twiewel upkaomen laoten. Kien Argument draff jau irreführn. Lustert dor nich hen, wenn sei jau vertellen willt, dat Mensk un Tier ein gemeinsaom Interesse häbbt, dat dei Wohlstand van den ein' dei Wohlstand van den ännern bedütt. Dat is laogen! Dei Mensk arbeit't bloß för sien eigen Interesse. Un ünner us Tiere mott 'ne absolute Einigkeit bestaohn un in den revolutionären Ümschwung eine würklicke Kameraodschaft. Aal Mensken sind Feinde! Aal Tiere sind Kameraoden!«

Tüssken dei Tiere köm dunn so'n bäten Unruhe up. Dor rüsspelde wat. Wat was dat? Dei Major was ja noch taugange. Veier groote Ratten kröpen uut ehre Löcker un sett'den sick up ehrn Achtersten. Dei wullen uck taulustern. At dei Hünn' dei inne Künne kreegen, kunnen dei Ratten sick bloß noch mit'n gewandten Satz in ehre Löcker retten. Old Major nöhm do sien rechte Vörderbein hoch üm antaudün, dat hei mit siene Räde noch nich ganz tau Enn' was.

»Kameraoden«, sä hei, »hier is ein Punkt, dei fastehoolen wern mott: Dei wilden Kreaturen, so as dei Ratten un dei Kaninkes – sind dat uuse Frönde off uuse Feinde? Dor mäöt wi äöwer affstimmen. Ick stell jau disse Fraoge: Sind Ratten Kameraoden?«

Affstimmt wüdd sofort, un eine äöwerwältigende Mehrheit was dorför, dat Ratten Kameraoden sind. Veier Gägenstimmen geev et. Dei drei Hünn' un dei Katte wassen dat wäsen. Dei Mießi füllt naoher dormit herin, dat sei dorför un uck dorgägen stimmt haar.

»Noch wat«, sett'de Old Major taun drütten Maol an, »ick wedderhaol mi allerdings. Denkt immer eiß weer an jau Pflicht, den Mensken un aal sien Warks tau hassen. Wat dor uck immer up twei Beine löpp, dat is 'n Feind. Wat up veier Beine löpp oder Fläögels häff, dat is 'n Frönd. Un denkt uck doran, wenn gi gägen den Mensken angaoht, kaomt mi nich up den Gedanken, dat gi üm irgendwie ähnlich wern willt. Un wenn gi et wunnen häbbt, äöwernähmt nich siene Amörgen. Ein Tier draff seläwe nich in'n Huus waohnen oder in ein Bedde schlaopen oder Kleedaogen antrecken oder Alkohol drinken oder Taback rooken oder Geld inne Hand nähmen, draff sick äöwerhaupt nich wirtschaftlich betätigen. Aals, wat dei Mensk maokt, is böse. Baoben aal dit gellt dann noch: Seläwe nich draff ein Tier ein änner Tier tyrannisiern. Schwack off stark, klauk off 'n bittken trügge, wi aal sind Bräuers. Un, 'n Tier draff seläwe nich ein änner Tier dootmaoken. Aal Tiere sind ünner'nänner gliek!

Kameraoden, nu will ick jau van mien Droom vertellen, den ick vergaohn Nacht hat häbbe. Beschrieben kann ick jau den nich. Dat güng dorüm, wo et up Ern uutsütt, wenn dei Mensk verschwunnen is. Ick drömde wat, wat ick all johrnlang vergäten haar. At ick noch ’n lüttket Farken was, süngen miene Mama un dei ännern Muttens ein ganz oolt Lied, wor se bloß noch dei Melodie un dei eiersten drei Wör van kennen dön’. Miene Kinnertied noch lange hendaol haar ick disse Melodie in’n Koppe hat, sei was mi dann aower uck all johrnlang vergäten wäsen. Van Nacht, in mien Droom, is mi dat aower aal weer infallen. Un wor ick mi noch mehr äöwer wunnern dau, dei Text van dat Lied füllt mi uck weer in. Dat sind Strophen, ick bin mi dor ganz sicher in, dei van dei Tiere Johrhunderte lang sungen worn sind, dei aower uck Generationen lang vergäten wassen. Dat Lied will ick jau nu vörsingen, Kameraoden. Ick bin oolt un miene Stimm’ is rau, aower, wenn ick jau dei Melodie bibröcht häbbe, dann käönt gi dat Lied ganz sicher uck allein singen. ›Tiere van England‹, so hett dat.«

Old Major schrammhausde un füng an. Siene Stimm’ was so groff, as hei säggt haar. Wo hei süng, dat kunn aower noch angaohn, un dei Melodie güng tau Harten. So as ›Clementine‹ oder uck as ›La Cucaracha‹, so luude dei.

Tiere van England, Tiere van Irland,
Tiere van’n Süden, Oost bit West,
Hört up miene gaue Naoricht!
Uuse Welt wedd allerbest.

Böse Mensken tau besiegen,
Forts off läöter kummp dei Dag.
Jao, dann käönt wi alles kriegen,
Is tau Enne jede Plaog.

Dei Ring' werd uut uus Näsen naohmen
Un 't Geschier van us heraff.
Dann kann 't nich so leip mehr kaomen,
Dat wi mäöt aals daun in'n Draff.

Weiten, Haowern, Hai un Gessen,
Luzerne, Boon' un Zuckerreuben
Schäölt sofort uus eigen wäsen.
Willt kien halben Dag mehr teub'n.

An den Dag, wenn wi dann frei werd,
Schinnt dei Sünn' in Engeland.
Reiner sind dann Diek' un Bäke.
England wedd ein schönet Land.

Üm dei Freiheit tau gewinnen,
För den Dag mäöt wi wat daun.
Kaihe, Peere, Schwien' un Hünn',
Schaope, Göse, Aont un Hauhn.

Tiere van England, Tiere van Irland,
Tiere van'n Süden, Oost bit West,
Hört up miene gaue Naoricht,
Uuse Welt wedd allerbest.

Mit ehr Singen kömen dei Tiere so in Brass, dat se aals ännere vergeeten. Old Major was mit sien Vörsingen dei säben Strophen jüst dör, do füngen dei all an, ›Tiere van England‹ uut eigen Heiten van neien antaustimmen. Sogaor dei Dummsten kregen schnell wat van dei Melodie un ’n poor Wör tau packen. Dei Schlaun, sücke as dei Schwien’ un dei Hünn’, dei haarn boll’ sofort dei ganze Melodie un uck dei säben Strophen behoolen, sogaor verstaohn. Old Major marken tau laoten, dat sei üm van Harten taustimmen, dat was ehr wat tau. Deswägen süngen sei dei Strophen noch ’n poormaol dör. Mit maol braosken do aal tauglieke los: ›Tiere van England‹. Dei Kaih böllkden, dei Hünn’ huul’n, dei Äönte quakden, dei Häuhner röpen – jeder up siene Aort. Aal wörn so gaut taufräe, dat sei lichtfarig dei ganze Nacht dörhoolen haarn, wenn sei nich stört worn wassen.

Van den Krach waokde Mr Jones up, dat was dat Malheur. Hei schlög sien Päöhl uppe Siet, sprüng uut sien Bedde heruut un greep nao siene Jagdflinten, dei immer inne Ecke van siene Schlaopkammer stünnd. Hei was sick dorin sicher, dat ’n Foss up ’n Haowe was. Deswägen ballerde hei ’n Handvull Schrottpatronen Nr. 6 gägen dei Schürn inne Nacht herin. Dei Tiere bröken ehre Versammlung do ganz drocke aff. Aal versöchden, sick so gaut, as sei man kunnen, tau verdrücken. Dei Häuhner fluttern up ’n Wiemen un hüppken up ehre Sitzstangen. Dei lüttken Tiere drückden sick in’t Stroh. Lang dürde dat nich, bit aal weer inschlaopen wassen.

Kapitel II

Drei Nächte läöter is Old Major starben, ruhig un taufräe. Ün'n an'n Appelgorn häbbt se üm begraoben. Anfang März was dat.

Van do an was di dann doch Unruhe up'n Haowe. Eierste wüdd van dei Tiere aals aower noch stillken bedräben. Old Major siene Räde haar dei wat Kläukeren besünners daon' beindruckt. Dei haarn sietdem van sick sülben eine ganz un gaor verännerte Vörstellung, feuhelden sick nich mehr as irgendein', wullen uut sick un ehren Stand wat maoken. Sei wüssen aower nich, wann dat mit dei Revolution losgaohn schull, dei Old Major ankünnigt haar. Off sei dann noch läben dön'? Wecke räken dor mit. Aal hüllen et aower för ehre Pflicht, sick dor up intaustellen.

Generell güllen dei Schwiene as dei kläuksten van aal Tiere up'n Haowe. Deswägen haarn dei dorför tau sorgen, dei ännern tau informiern un taugangetaukriegen. Dei Üppsten uppe ›Animal Farm‹ wassen dei beiden jungen Ebers, Schneiball un Napoleon. Mr Jones haar dei nich as Fette affläwern wullt, hei haar vörhat, dei as ankörte Ebers tau verkoopen. Napoleon was 'n stämmigen Berkshire. Hei was dei einzige Berkshire uppe Farm, schnacken dö hei wenig. Hei güllt dorför, dat hei sien eigen Schnaot naogüng. Schneiball was lebhafter. Dei präötkede gern, üm füllt all Oogenblick wat Neies in. Denselben starken Charakter as Napoleon dörtauhaolen, dat traude man üm aower nich tau.

Dei Muttschwiene sowieso, aower uck aal dei ännern jungen Ebers schullen fettmaokt wern. Bit up ein', dat was ein upfällig lüttket, rundlick Schwien. Dei junge Eber haar dicke Backen, listige Oogen un kunn sick gewandt bewägen. Quiekert heet dei. Sien Stimm', dei was 'n bäten unangenähm schrill. Wenn hei taun etwas komplizierteren Fall wat säggen schull, dann köm hei lichtfarig van Häöcksken up Stäöcksken. Dorbi krüllde hei dann sien Stert so dermaßen stramm un immer weer van neien, dat dei meisten Tiere allein all deswägen mennen, dat hei recht haar. Wecke sän: »Dei Quiekert, dei kann Schwatt tau Witt verdraihn.«

Dei drei jungen Ebers, Napoleon, Schneiball un Quiekert, sett'den sick aobends tausaomen, nich bloß einmaol, un schaffden dat, dei Räde von Old Major taun hannig Gesetzbauk för Tiere tausaometaufaoten. Animalismus näumen sei dat. At se so wiet wassen, dröpen se sick mit dei ännern Tiere inne Schürn, mangers dreimaol inne Wäken, üm dei klaortaumaoken, wat dei Ge- un Verbote van Animalismus tau bedün haarn. Dat Mr Jones schlöp, dat mäössen se jedsmaol affteuben. At dei drei Schwiene mit ehre Instruktionsstunnen anfüngen, haarn sei mit'n masse Dummheit un Gliekgültigkeit tau kämpfen.

'n poor Schaope kömen dormit, man möss Mr Jones gegenäöwer loyal wäsen, ›Meister‹ näum sei den. Sei mennen: »Is doch Mr Jones, dei us fauert. Wenn dei wegjaogt wedd, dann mäöt wi verhungern.«

Ein Schwien frög: »Wat schall dat äöwerhaupt, dat wi us Sorgen maokt äöwer dat, wat passeiert, wenn wi doote sind?«

Muriel, dei Zäge, haar uck 'ne Fraoge: »Wenn dei

Revolution sowieso kummp, wat is dor dann för ’n Ünnerscheid, off wi mit anpackt oder nich?«

Napoleon, Schneiball un Quiekert haarn dor tatsächlich ’n masse Last mit, dei ännern Tiere klaortaumaoken, dat sücke Instellungen nich mit den Geist van Animalismus tau vereinborn wassen.

Mollie, dei witten Mährn, dei frög dann noch dat Allerdämelichste: »Giff dat nao dei Revolution äöwerhaupt noch Zucker?«

»Nä«, sä Schneiball stramm, »wi häbbt nich vör, up uuse Farm Zucker tau produziern. Un ampart uck, du bruuks dann kien Zucker. Wat du an Haowern un Hai fräten kanns, dorvan kriggs du satt. Verlaot di dortau!«

Mollie wull dann noch wäten: »Draff ick mi dann uck kiene Schleifen mehr inne Mähn’ flechten?«

»Nu luster eiß tau«, sä Schneiball, »diene Schleifen, dei du so gern lien mags, genau doran sütt man doch, dat du ’n Sklaowe bis. Kanns du nich begriepen, dat Freiheit mehr bedün dait as bunte Bändkes?«

»Häss mi äöwertügt«, sä Mollie do. Wo sei dat sä, dat luude allerdings änners.

Dei Schwiene haarn et besünners lastig dormit, wat gägen dei Leigerein tau ünnernähmen, dei Moses inne Welt sett’t haar. Dei Kraih was Mr Jones sien ganz spezielle Frönd. Hei was ’n Spion un mök gern ännerswecke schlecht. Schnacken kunn hei allerdings gaut. Hei behauptede, sick in ein Land uuttaukennen, ganz geheimnisvull schull dat wäsen, dat Zuckerstangenbarg heet. Aal Tiere kömen dorhen, wenn se doote wörn. Dat Land schull irgendwor in’n Himmel liggen, ’n Endken achter dei Wolken. In Zuckerstangenland was säben

Daoge inne Wäken Sönndag, frisken Klaower geev et dat ganze Johr inrund, Zuckerstangen un Liensaotkauken wassden up Hägen un Tün'.

Dei Tiere up'n Haowe mäöchen Moses äöwerhaupt nich lien, dei Busse vertellde väl, dö aower nich arbeiten. Trotz alldem glöben wecke, dat et dat Zuckerstangenland gäben dö. Dei Schwiene mäössen deswägen immer weer van neien argumentiern. So wat kunn et doch gaor nich gäben, sän se.

Dei aals so nöhmen, as ehr dat vördraogen wüdd, dat wassen dei beiden Arbeitspeer, Boxer un Luzi. Dei haarn immer all groote Schwierigkeiten dormit hat, sick sülben irgendwat uuttaudenken. Sietdem sei dei Schwiene as ehre Lehrers respektierden, leeten sei van vörnherin aals gellen, wat ehr van dei vertellt wüdd. Bi dei heimlichen Versammlungen inne Schürn fählen se seläwe nich, un taun Schluss sorgen sei sogaor jedsmaol dorför, dat ›Tiere van England‹ sungen wüdd.

Dei Revolution uppe ›Manor Farm‹ gägen Mr Jones häff sick väl eiher un väl lichter dörsett't as irgendein' vanne Tiere dor mit räkt haar. In dei vergaohn Johrn was Jones ja 'n strengen Buur wäsen, aower uck ja 'n düchtigen. Inne lästen Tied was üm allerdings 'n masse missegaohn. 'n Prozess haar hei uck verlorn, üm Geld was dat gaohn. Dunn haar hei den Maut verlorn, haar sick sacken laoten, un was anfangen, mehr Beier tau drinken, as gaut för üm was. Ganze Daoge hüng hei inne Kääöken in sien grooten Lähnstauhl, lees dei Zeitungen un drünk tauväl. Aff un tau hüllt hei Moses 'n Brotkossen hen, dei hei in sien Beier instippt haar. Siene Lüe nützden dat uut, wassen lai un nich ehrlich, dei Acker köm in Unkruut üm', dat Dack uppe Veihställe un uppe Schürn leckde stänwiese dör, dei Euwers wassen all drei Johr nich trüggesett't worn, Tün' un Rickels nich instannen – un, wat 'n Wunner, dei Tiere kreegen nich mehr satt tau fräten.

Intüssken was 't Ende Juni. Dei Haiwissken wörn minner off mehr so wiet, dat se maiht wern kunnen. Middsommeraobend, an'n Saoterdag was dat, güng Mr Jones nao Wellington hen. Dor wüdd hei in'n Roen Löwen so duun, dat hei vör Sönndagmiddag nich weer nao Huus fünnd. Siene Lüe haarn morgens all frauh dei Kaih melket. Un dann wassen se lostrocken, Kaninkes tau fangen, aohn sick tau sorgen, dat dat Veih fauert wern möss. At Mr Jones inköm, leet hei sick in'n Daogsstaomd sofort up't Sofa sacken, trück sick dei *News of the World* äöwer't Gesicht un schlöp in. So kreeg dat Veih den ganzen Dag nicks tau fräten. Dat köm so wiet, dat uck dat Kauhveih un dei Peer den Hunger nich mehr uuthoolen kunnen. Ein' van dei Melkkaih resulfeierde sick un drückde mit ehr Hörn dei Dörn vanne Fauerkammer aopen. Do kunn jedet Tier sick sülben bedein'. Dat was leider aower jüst in den Oogenblick, at Mr Jones, dei Buur, weer taugange köm un uck forts mitkreeg, dat up'n Haowe irgenwor inbraoken wüdd. Dat köm dann so: Taihn Minuten läöter all stünnd hei mit sien veier Knechte achter dei Uuthungerten, aal Kerls mit Pietsken un Schwäpens. Un dei fief Mannslüe prügeln rund üm sick tau.

Dat was gräöwer as schmachtige Tiere sick dat beien laot't. Aohn dat vörher wat plaont worn was, güngen dei Peer un dei Kaih do mit maol up ehre Quälgeister los. Jones un siene Lüe wüdden van aal Sieten buckst un stött un trän. So wat, dat sick Veih organisierde, dat haarn dei

Buur un siene Knechte noch nich belävt. Dat Upmucken van ehr Veih, dat sei doch alltied prügeln un malträtiern kunnt haarn, jüst as ehr dat passen dö, dat jaogde ehr so väl Angst in, dat sei boll' forts dei Äöwersicht verlösen. Deswägen geeben sei et nao'n Oogenblick uck all up, sick tau wehrn un nöhmen Reißuut. Eine einzige Minute haar et nich dürt, do was Jones mit siene Knechte all uppe Flucht, den Waogenweg hoch, nao dei Hauptstraoten naotau. Aal Tiere in'n Triumpf un mit Gegröle dor achter an.

Mrs Jones keek uut ehr Kammerfenster. Sei sehg un begreep uck forts, wat buuten passeiern dö. Hastig schmeet sei noch 'n poor Wertsaoken in ehre Reisetasken un schlüng sick dör dei Achterdörn van'n Hoff herünner. Moses flutterde un quakde achter ehr an.

At Jones un siene Lüe uppe Straoten bögden, haar ein' van dei tatsächlich noch den Verstand, uck noch dei Kraft, Boxer un Luzi dei iesern Porten vör dei Näsen tautautrecken un in't Schlott tau schmieten. So köm dei Verfolgungsjagd up'n Schlag an't staohn.

Dei eiersten virrel Stunnen kunnen dei Tiere noch nich an ehr Glück glöben, dat dei ›Manor Farm‹ so unverhofft ehr eigen wäsen schull. Dei Upstand was dörhoolen worn, Jones haarn se wegjaogt, dat was allerdings ja wat. Ein' van dei Tiere mäöss dunn woll 'n Teiken gäben häbben, up maol gallopiern do aal ein' mit'nännner los, anne Grenze vanne Farm up, üm genauer tau wäten, wecker Land ehr nu tauhörn dö. Sei wullen uck sicher wäsen, dat nich doch noch irgendwor 'n Mensk sick verkraopen haar. Up'n Wäge trügge nao'n Hoff tau, äöwerlän sei dann all, wat sei aal noch maoken mäössen, üm uck dei allerlästen Reste, dei an Jones siene Regierung erinnern kunnen, uut dei Welt tau schaffen.

Sei bröken dei Kammer aopen, wor dei Peergeschiere un aal so ’n Kraom inne was: Näsenringe, Gebisse, Kandarren, Hunn’kän un dei verdammten Messers, wor Mr Jones dei Farken un dei Lämmer mit kastriert haar. Den ganzen Schiet schmeeten se in’n Soot. Dei Lienen un dei Haltern, so wat, dat köm up’n Müllhoopen. Uck dei Fauersäcke, wor man sick wat mit schämen mäösst haar, wenn ein’ dei äöwere Näsen trocken worn wörn. Un dei fief Schwäpens! Schneiball stickde do den Afffall an. At se sehgen, wo munter as dat Für fluckerde, füngen aal uut schier Fraide an tau danzen. Schneiball knüddelde noch dei Schleifen tausaomen, wor Peer, wenn ’se up’n Markt verköfft wern schullen, mit schmückt wüdden.

»Schleifen«, sä hei, »mott man as Kleedaogen verstaohn, dei för Mensken typisch sind. Tiere mäöt seläwe nich wat antrecken, dei mäöt naokt loopen.« Dormit schmeet hei dann dat Klaun uut bunte Schleifen uck inne Glaut. At Boxer dat sehg, haolde hei sien lüttken Strohhaut uut sien Stall un schillkede den dor achteran. Sommerdaogs haar hei den alldaoge draogen, dat üm dei Fleigen nich inne Ohrn kömen.

Lang’ häff ’t nich dürt, dunn haarn dei Tiere aals, wat an Jones erinnern dö, wegschafft. Napoleon trück dunn mit siene Gefolgschaft nao dei Fauerkammer räöwer. An aal geev hei eine dubbelte Portion Körn uut un an jeden Hund twei Hunnenkauken extrao. Ein’ stimmde do ›Tiere van England‹ an. Säben Maol süngen se aal säben Strophen – dei Naobers mäössen dat hörn käönen, so luut wüdd larmt –, bit se meue wassen un mit sick un dei Welt taufräe inschlöpen, dat so deip un so selig, as sei vörher seläwe noch nich schlaopen haarn.

At dei Sünn' upgüng, wüdden se aower so frauh as immer wach, un at sei sick van neien bewusst wüdden, wat sick daogs vörher up'n Haowe taudraogen haar, rennen se aal in ein Courir äöwer dei ›Langen Weide‹ nao dei Straoten naotau. Up'n halben Wäge was in disse Weide 'n lüttken Boll, van dor kunn mann dei Farm äöwerkieken. Sei trücken bit baoben up dei Spitze van den lüttken Barg: Dei Luft was frisk, dei Sünn' scheen apart hell, un sei wunnern sick, wo schön as dei Gägend was. Ja, dat hörde ehr nu aal tau – aals, wat sei seihn kunnen, dat was ehr. Vör schier Äöwermaut löpen un hüppken se hen un her, sprüngen so hoch as se man kunnen, schnaukden 'n Muulvull van dat seute Sommergräss, waohlen sick in'n Dau, stött'den Kluuten van dei schwatten Ern vör sick up un schnüffeln doran, allein all wägen den gesunnen Räöke. Dann keeken sei sick van den Boll her dei Farm noch maol van baoben an. Ehr verschlög et dei Spraoke, so begeistert wassen sei: Aal dat Ackerland, dei fetten Haiwissken un Weiden, dei Appelgorn, dei Diek un ein akraot, wenn uck lüttket Flach mit Eiken un Beuken, aals was nu ehr eigen. Sei mennen tatsächlich, dat sei dat vörher aal noch gaor nich seihn haarn, un ganz stramm glöben kunnen sei dat immer noch nich, dat dat nu ehr eigen Kraom wäsen schull.

Dei Tiere güngen dann weer nao'n Hoff tau. Vör dei Dörn van't Waohnhuus bleeben sei 'n Oogenblick staohn, ganz still'. Dat Huus hörde ehr ja nu uck, sei mäögden dor aower nich ingaohn. Ganz lang' häff et do aower nich dürt, do drückden Schneiball un Napoleon dei Dörn mit ehre Schullern aopen. Fein dei Riege nao treen dei Tiere in't

Huus, ganz vörsichtig, dat se man jo nich wat kaputt maoken dön'. Up Tehnspitzen güngen se van Zimmer tau Zimmer, luuter as tau flüstern waogden se nich tau schnacken. Vör den aohnwäten Luxus in'n Daogsstaomd wörn se bolle up dei Kneie fallen. Inne Bedden kien Stroh – Federmatratzen –, dei grooten Speegels, dat patente Sofa – Sitze un Lähnigen, aals uut Peerhoor –, dei Brüsseler Teppich un dei Lithographie mit Königin Victoria baoben an'n Bausen.

Sei steegen jüst dei Treppen weer hendaol, at upfüllt Mollie was verlorn gaohn. At se weer trüggegüngen, fünnen sei dat aohnwäten Perd: Mollie was in dat beste Schlaopzimmer achterbläben, haar sick 'n lange blaue Schleifen van Mrs Jones ehr Frisierkommaude naohmen, sick dei üm ehr Schullern leggt un stünnd vör'n Speegel tau draihn, bewunnerde sick sülben. Dämlich sehg dat uut. Richtig luut wüdden dei ännern Tiere do, so dull wüdden dei. Bevör dann aal nao buuten hengüngen, haolden Boxer un Luzi inne Kääken mit 'n Gaffeln noch schnell 'n poor Schwien'schinkens uut 'n Rökerwiemen herünner. Sei wullen dei anstännig begraoben. In'n Vörbigaohn treet Boxer inne Waschkääken dann uck noch äben dat Beierfatt kaputt. Sonst wüdd in'n Huuse nicks anpackt. Sofort – uppe Stäe – beschlöten dei Tiere do einstimmig, dat dat Waohnhuus as Museum inricht't wern schull. Uck dorin wörn sei sick einig: Seläwe nich dröff ein' van ehr dor intrecken.

Nao't Fräuhstück röpen Schneiball un Napoleon aal Tiere tausaomen. »Kameraoden«, sä Schneiball, »nu is't halv säben. Wi häbbt noch 'n langen Dag vör us. Ganz nödig mäössen wi Gräss maihn, dat wi dat Hai rechttiedig un dröge inkriegt. Dor is aower noch wat, dat mott vörher erledigt wäsen.«

Dei Schwiene kömen do dormit vörndag, dat sei sick inne lästen drei Maonde sülben Läsen un Schrieben bibröcht haarn. Sei sän, sei haarn up'n Afffallhoopen ein I-Bauk funnen. Dei Kinner van Mr Jones möss dat woll tauhört häbben.

För Napoleon scheen dat nich wat Neies tau wäsen, hei füng forts an tau kummdeiern: Aal schullen nao dei iesern Porten anne Hauptstraoten loopen. Schwatte un witte Farwe haar hei kaomen laoten. Twei Schaope mäössen dei beiden Pötte bit nao dei Straoten drägen. Schneiball (hei kunn am besten schrieben) nöhm bi dei Porten 'n Maolerpinsel tüssken dei Kläönkes van sien rechte Vörderpötken un streek ›MANOR FARM‹ schwatt äöwer. Up deiselben Stäe köm dann ›ANIMAL FARM‹ in witt. All up'n Trüggewäge nao'n Hoff hen kreeg Napoleon wecke los, dei 'n Leddern besorgen un dei an'n Gäbel vanne grooten Schürn upstellen mäössen.

Napoleon haar weer wat tau erklärn, hei sä: »Schneiball un ick, wi häbbt et schafft, dei Prinzipien van Animalismus in säben Gebote tausaometautrecken. Disse SÄBEN GEBOTE dräöft nich un käönt nich ännert wern, seläwe nich. Uppe ›Animal Farm‹ mäöt aal Tiere immer un alltied sick an disse Gebote hoolen.«

Dunn güng et üm dorüm, dei Gebote groot vör den Schürngäbel tau schrieben. Schneiball schaffde dat. Einfach was dat för den nich, uppe Leddern tau stiegen un tau staohn. För'n Schwien is so wat ja würklick nich so licht. At Quiekert üm 'n poor Sprossen läöter mit den Farwepott naoköm, füng hei uck forts an tau schrieben. In groote Baukstaoben schreev hei dei säben Gebote witt up dei teerte Gäbelwand. Man kunn se van veiertig Träe gaut läsen.

DEI SÄBEN GEBOTE

1. WAT UP TWEI BEINE LÖPP, DAT IS IMMER EIN FEIND.
2. WAT UP VEIER BEINE LÖPP ODER FLÄÖGELS HÄFF, DAT IS IMMER EIN FRÖND.
3. SELÄWE NICH DRÄGG EIN TIER KLEEDAOGEN.
4. SELÄWE NICH SCHLÖPP EIN TIER IN'N BEDDE.
5. NICH EIN TIER DRAFF ALKOHOL DRINKEN.
6. NICH EIN TIER DRAFF 'N ÄNNER TIER DOOTMAOKEN.
7. AAL TIERE SIND GLIEK.

Schön haar Schneiball dat henkrägen. Statt ›Frönd‹ haar hei allerdings ›Freind‹ schräben. Fählers wassen dor sonst nich inne. Dei ännern tau gefallen, lees hei dei Säben Gebote noch einmaol luut vör. Un aal stimmden tau. Peer, Kaih, dei Zäge, Schaope un uck aal dei ännern Tiere nickkoppden, dei ein' noch däöner as dei ännere. Dei Kläukeren, so as dei Schwiene, dei füngen forts an, dei Gebote uutwennig tau lern.

»Nu eiß tau, Kameraoden«, röp Schneiball vanne Leddern herdaol. Den Pinsel mit dei witten Farwe schmeet hei nao ünnen. »Kameraoden, nu mäöt wi aower drocke nao dei Haiwisske! För us is dat Ehrnsaoke, dat wi dat Hai eiher inkriegt, as Jones mit siene Lüe dat kunn.«

Jüst in den Oogenblick füngen dei drei Kaih an tau

bäölken. Vörher was all upfallen, dat dei ’n bittken stief hendaolgüngen. Dei wassen dei lästen veieruntwintig Stunnen nich melket worn, ehre Jüdders wassen taun Platzen stramm. Dürde nich lange, do wüssen dei Schwiene uck all, wat se maoken mäössen. Sei schickden wecke los, dei mäössen Emmers haolen, un dann häbbt dei Schwiene dei Kaih molken. Mit ehre Pötkes kunnen sei dat recht gaut. Wanneier stünnen dor fief Emmers vull friske Kauhmelk. So as se dor henkeeken, wassen ’n ganze masse Tiere dor scharp up.

Irgendein’ frög: »Wat maokt wi mit dei Melk?«

Ein’ van dei Häuhner sä. »Jones dö us dor mangers wecke van in’t Fauer.«

Do drängde Napoleon sick nao vörn, baude sick vör dei Melkemmers up un sä: »So wat kummp nich in Fraoge! Üm kümmert wern mott sick dor allerdings. Aower, eiherste eiß kummp et up dei Arn an. Kameraod Schneiball gaiht vörup. Ick kaom in’n poor Minuten nao. Nu los, Kameraoden! Wi mäöt hain!« Wat bleev dei Tiere do änners äöwer? In Trupps löpen se nao dei Haiwisske hen un füngen an tau arbeiten. Un at se aobends meu inkömen, was dei Melk verschwunnen.

Kapitel III

Wo dei Tiere dei Arbeit inne fellen Sünn’ angreepen un dann uck ja schweitden, dor seet Begeisterung achter. Dat wullen se doch eiß seihn, off sei dat Hai eiher dröge inkriegen kunnen as Jones mit siene Lüe. Hart was dei Arbeit aower doch. Dor köm dann taubi, dei Gerätschaften wörn för Mensken, nich för Kaih un Peer oder Schaope anfarigt. Nich ein’ van dei kunn mit’n Harken oder ’n Forken ümgaohn, weil se dorbi ja up ehre Achterbein’ staohn mäössen. Dei Schwiene wassen allerdings so schlau, dat sei dei Peer taugangekreegen. Dei kennen sowieso jede Ecke inne Haiwisske, un dat Tausaome-harken, dat in Gein schuuben, dat Räökeln un Upsticken güng ehr väl bäter van’n Hauf, as Jones siene Knechte un Mäögde dat vanne Hand gaohnen was. Dei Schwien’ packden nich mit an, dorför äöwernöhmen sei, dei Arbeit intaudeilen un Raotschläge tau gäben. Wägen ehr bätern Äöwersicht was et kiene Fraoge, dat sei dei Baos wassen – un uck bleeben. Boxer un Luzi dön’ sick sülben vör dei Maihmaschin’ un vör den Taogen spannen (Toom, Gebitt un Lienen bruukden sei nich). Dann draihn sei inne Wisske vöraff schnell un staodig Runde üm Runde. Ein Schwien löp achter ehr an, dat füng an tau rekummdeiern: »Kameraod, ’n bäten nao rechts!« oder »Prrr!«

Aal Tiere wassen fliedig, uck dei lüttken. Sogaor dei Äönte un Häuhner rennen den ganzen Dag inne prallen Sünn’ mit ’n Haispier in’n Schnaobel hen un her. Dat köm dann so, dat Hai was twei Daoge eiher ünner Dack un

Fack, as Jones siene Knechte un Mäögde dat vörher schafft haarn. För dei Tiere was dat aower noch jüsso wichtig: Seläwe noch nich was uppe ›Animal Farm‹ so väl Hai infäuhert worn. Kien Spier was liggen bläben. Dei Häuhner un dei Äönte haarn mit ehre scharpen Oogen jedet Klaowerblatt un jedet Grässspier funnen, uppickt un up ein' van dei Hairäökels draogen. Upfallen was uck, nich ein' van dei Kaih un Peer haar äöwer Dag 'n Muulvull Hai schnaukt.

Uppe Farm löp den ganzen Sommer dör dei Arbeit as 'n Uhrwark. Dei Tiere wörn allein all deswägen so gaut taufräe, as sei sick dat vörher äöwerhaupt nich vörstellen kunnt haarn. Jedet Muulvull Fräten was ja van neien 'ne Fraide, weil sei dat för sick sülben arnt haarn, weil et nich van ein Herrn taudeielt worn was, dei ehr faoken dat nich eiß günnen dö. Un nu, at dei Mensken dor man tüsskenuute wörn, was för aal mehr as satt tau fräten dor. Un sei kreegen dat dann uck un haarn – nich so as bi Jones – sogaor Freitied. Fieraobend un so, woväl as dat einlick wäsen kunn, dortau haarn se allerdings kiene Erfaohrung.

Dei Roggen-, Weiten-, Haowern- un Gessengarben haarn drei, veier Wäken inne Schürn ünner Dack säten, dunn schull 't Dössken losgaohn. Dei Schwiene haarn dat ankünnigt. Morgens, nich üm säben, üm Klock sesse mäössen aal dortau up'n Haowe praot staohn. Napoleon haar sick uck infunnen. Hei wull weer 'n poor Sätze loswern: Wo wichtig as dat Dössken was, dat besünners fliedig un akkraot arbeit't wern möss, jedet enkelde Körn haar sien Gewicht. Schneiball führde dei Tiere dann van'n Hoff nao dei Schürn. Hei möss dei Arbeit indeieln. Dat eierste Wort bleev üm aower all in'n Halse sitten. Do mit maol dachde hei doran, dat dei ›Animal Farm‹ gaor kien eigen Dösskemäöhlen haar. Sick uuttauräden, dat fleide üm aower ja so as alltied. Forts haar hei ’n Infall:

»Dann dösskеt wi so as fräuher. So as in ool Tien dösskеt wüdd, dat was doch schön!«

Dei Tiere mäössen dunn dei Körn uut dei Öhr trappeln, dei Peer mit ehre Häuwe, dei Kaih un Schaope mit ehre Klaonen, dei Häuhner un Äönte mit ehre Fäute. Aower naoher dat Stöwen, wo schull dat gaohn? Dorför haar Boxer dei gaue Idee: Dei Kaih un dei Peer mäössen dat Kaff vanne Körn puußen. Dei Häuhner un Aönte schullen dat, wat bitaufüllt, tausaomeseuken.

Dat Wark klappde do uck gaut. Dei Schwiene in ehre Raffinesse un Boxer mit siene gewaltigen Kraft dei reeten dei ännern mit. Boxer was dat ganz groote Vörbild. Sogaor bi Jones haar hei all vöraff hart arbeit’t, aower jetzt mök hei den Indruck, as wenn hei nich för twei Peer, för drei Peer wat farig kriegen wull. Mangers sehg dat sogaor dornao uut, as wenn dei ganze Last vanne ›Animal Farm‹ up siene Schullern liggen dö. Van morgens bit aobends was hei an’t trecken un an’t rieten, immer dor, wor dei Arbeit am schwörsten was. Mit dei Haohns haar hei intüssken vereinbaort, dat sei üm immer eine halwe Stunnen eiher wecken schullen as dei ännern. Hei greep dann, ganz uut sick, all vör dei regulären Arbeitstied ’n Arbeit an, dei besünners nödig farig wern möss. Wenn hei eiß inne Knäpe köm oder üm irgendwat missegüng, dann sä hei faoken – mehr so tau sick sülben: »Ick will harter arbeiten!«

Aower uck dei ännern Tiere dön’, wat se kunnen. Dei Häuhner un Äönte haarn up’n Lann’ all fief Schäpel Körn vanne Ern upsäöcht. Bi't Dösskeninne Schürn was för ehr aower boll' noch mehr tau daun. Dei lästen Körner ünner't Stroh weg un uut't Kaff un uut dei Ecken heruuttauseuken, dat was ja jüst dat, wat sei van Natur uut kunnen. Weil dat Dösskeninne klappde, wassen aal Tiere uck gaut taufräe: Nich ein' meckerde herüm'; Targen, Hacken un Missgunst, dat geev et nich mehr, un kienein' drückde sick för dei Arbeit – so tau säggen kienein'.

Mollie, dat was ein', dei morgens nich hochköm, un ehr glückde dat uck, Arbeit rechttiedig uut 'n Wäge tau gaohn. Dorför haar sei immer 'ne feine Uuträde: Sei haar sick 'n Stein in'n Hauf trän. So as sick dei Katten benöhm, dat was uck apart. Dei ännern Tiere haarn dat wanneier uutfunnen, wenn irgendeine Arbeit daon wern möss, dann was dei Katte nich tau finnen. Immer weer was dei stunnenlang einfach wäge. Bi dei Maoltieden un aobends, wenn dei Arbeit farig was, tauchde sei dann weer up un dö so, as wenn nicks passeiert was. Uuträden fünnd sei dann, wor dei ännern bloß äöwer staunen kunnen. Wenn sei dann anfüng tau schnurren, dat kunn sei ganz besünners luut, dann schaffden dei ännern dat all nich mehr, an ehre gauen Absichten tau twieweln. Wat was dor noch: Benjamin, dei oole Äsel, dei scheen sick siet dei Revolution nich verännert tau häbben. So obstinaotsk as hei bi Jones wäsen was, dö hei uck jetzt siene Arbeit. Uut eigen Heiten möök hei gaor nicks. Tau dei Rebellion un wat dorbi heruutkaomen was, dor sä hei siene Meenung nich tau. Wenn hei fraogt wüdd, worüm' hei nich wenigstens 'n bittken bäter taufräe was, sietdem Jones affmeiert worn wör, dann sä hei bloß: »Äsels lävt 'ne lange Tied. Nich ein' van jau häff in sien Läben ein doen Äsel seihn.« Dei ännern bleev dann bloß noch äöwer, sick mit disse Antwort, dei einlick kiene was, afftaufinnen.

Sönndaogs was prinzipiell frei. Fräuhstück was 'n Stunnen läöter as sonst. Dor schlöt sick dann aower weer wat an, eine Fierlichkeit, wor aal henmäössen. Vörbereit't was dei jedsmaol gaut. Missraon dö dei deswägen seläwe nich. Eierst wüdd 'ne Faohnen hisst. Schneiball haar dei organisiert. Inne Geschierkammer haar hei eine oole greune Diskdäken funnen. Mrs Jones haar dei hört. Mit witte Farwe haar hei dor 'n Hauf un 'n Hörn upmaolt. Disse Faohnen wüdd sönndaogsmorgens an dei Faohnenstangen hochtrocken. Schneiball interpretierde dei Farben un dei Symbole bi dei Gelägenheit immer eiß weer: Greun was dei Faohnen wägen dei fetten Wissken un Weiden in England. Dei Hauf un dat Hörn wassen dat Teiken för dei Republik, wecker dei Tiere uutroopen wullen, wenn dei menschliche Rasse ein' för aal Maol äöwerwältigt worn was.

Nao dat Faohn'hissen mäössen dei Tiere nao so 'ne Aort Generaolversammlung hen. Inne grooten Schürn was dei. Dat was ›Dei Versammlung‹. So wüdd se offiziell, aower uck dör'n Dag näumt. Dor wüdd dann för dei taukaomen Wäken dei Arbeit bit in't Enkelde plaont un indeielt. Debattiert wüdd doräöwer aower uck. Immer wassen et dei Schwiene, dei dorup henarbeiten dön', dat ganz bestimmte Saoken beschlaoten wüdden. Dei ännern Tiere haarn deswägen wanneier begräpen, weckern se wählen un wann se taustimmen mäössen.

Schneiball un Napoleon krakeelden jedsmaol besünners hitzig. Dat füllt up: Dei beiden wassen sick seläwe nich einig. Wat ein van dei beiden vörschlaon dö, hei kunn sick dortau verlaoten, dat dei ännere dor gägen was. Sogaor at et all beschlaoten worn was, näben dei ›Lüttken Weide‹ achter den Appelgorn ein Erholungsheim för Tiere tau baun, dei nich mehr arbeiten kunnen, geev dat noch ein längeret Hen un Her tüssken dei beiden äöwer dat richtige Pensionsöller. Affschlaoten wüdd disse Versammlung immer mit ›Tiere van England‹. Sönndaogsnomdaogs was dann tatsächlich frei.

Dei Schwiene haarn in den Ruum näben dei Geschierkammer för sick so wat van ein Hauptquartier inricht't. Aobends, noch laote hendaol, dön' se dor studeiern, uut 'n poor Bäuker, dei se up'n Bauert in Mr Jones' Daogsstaomd funnen haarn. Dei Schwiene, vör allen Dingen dei jungen Ebers, dei güng dat dorüm, mehr van't Handwark kennen tau lern. Wat dei Schmidt, wat dei Timmermann mök, un wo dei et möken, dat interessierde ehr. Schneiball wull uck noch doräöwer wat wäten, wo hei dei Tiere am besten organisiern kunn. Villicht tau so wat as Genossenschaften? Wat dat angüng, vermeun dö hei bi sien Studeiern nich. För dei Häuhner gründe hei 'ne ›Eiergenossenschaft‹, för dei Kaih den Verein ›Dei saubere Stert‹, för dei wilden Tiere (dat güng üm dei Ratten un dei Kaninkes) den Club ›Tamm willt wi wern‹, för dei Schaope so ne Aort Bewägung ›Wittere Wulle‹ un noch 'ne ganze Riege ännere Clübkes. Hei kreeg dann sogaor uck noch dei Schaul ›Läsen un Schrieben‹ taugange.

Napoleon haar kien Interesse an Schneiball siene Genossenschaften. Hei vertreet den Standpunkt, dat et wichtiger was, den Nachwuchs richtig tau ertrecken, as sick üm dei Oolen tau bemühen. Hei kreeg dann insofern uck noch recht, weil dat, wat Schneiball aal vörhat haar, reisten Deils in'n Graoben güng. Dei Ratten un dei Kaninkes tau tämen, dat klappde van Anfang an nich. Dei Eigenpinnte ännern ehr Benähmen partout nich. Wenn se dei 'n Tiedlang besünners großzügig behanneln dön', wat dei Bussen door an Vördeile dör haarn, dat nöhmen dei mit, sonst aower nicks. Dei Katte haar sick würklick 'n halv Stieg Daoge väl Maihte mit dei Fenten maokt. Nicks haar dat holpen. Do geev Schneiball dat Arbeiten mit dei wilden Tiere tau.

Eines Daogs seet dei Katte up'n Dacke, baoben uppe Festpannen. Sei schnackde mit'n poor Lünkes. Dei seeten jüst so wiet van ehr wäge, dat dei Bolze ehr nich packen kunn. Dei Kaoter schnackde dei lüttken Väögel aal wat vör van »Vandaoge sind aal Tiere Kameraoden« un »Jedet Tier kann, wenn et dat will, up mien Pötken sitten un in Ruhe schlaopen«. Dei Lünkes passden aower genau up, dat dei Katte ehr nich tau dichte köm.

Bi den Ünnerricht inne Schaul, köm doch noch allerlei bi heruut. Läöter in'n Harvst kunnen dei allermeisten Schäulers irgendwie läsen, dei Schwiene sogaor perfekt. Uck dei Hünn' kömen ganz gaut taurechte, aower komisch, dat einzige, wat se läsen wullen, dat wörn dei Säben Gebote. Muriel, dei Zäge, dei kunn et dann noch weer wat bäter as dei Hünn', un wenn ehr dat dor nao was, dann lees sei aobends dei ännern wat vör, van Zeitungspapierschnippels, dei sei up'n Müllhoopen funnen haar. Benjamin kunn sogaor jüsso gaut läsen as dei Schwiene, vörmaoken dö hei siene Kunst aower nich. Wat hei dortau woll eiß maol sä: So wiet as hei dat äöwerkeek, geev et nicks, wat sick tau läsen lohnde. Luzi kunn wanneier dat ganze Alphabet uutwennig, verstünnd aower partout nich, wo dei Baukstaoben in dei enkelden Wörter funktioniern schullen. Boxer köm äöwer den Baukstaoben ›D‹ nich weg. Fäökerner schreev hei mit sien grooten Hauf A, B, C, D in'n Sand, lä dei Ohrn an, stierde up dei Baukstaoben, schüddelde mit'n Kopp un versöchde mit aller Macht, sick doran tau erinnern, wat nao ›D‹ köm. Dat schaffde hei aower lange Tied nich. Irgendwie kreeg hei E, F, G, H dann doch in sien Kopp herin, haar intüssken A, B, C, D aower all weer vergäten. Hei entschlöt sick deswägen, sick mit dei eiersten veier Baukstaoben taufräe tau gäben, un dei dann daogs einmaol oder uck tweimaol in'n Sand tau schrieben, dat hei dei jo nich weer vergäten dö. Mollie wull nich ein einzigen Baukstaoben kennenlern, dei nich in ehrn eigen Naom vörköm. Uck dat kreeg sei up ehre Aort hen: Mit 'n poor Täuger un 'n Handvull lüttke Twiege schreev sei MOLLIE vör'n Huuse uppe Stein, lä dor dann noch ein, twei Bläumkes up un löp üm ehr Wark ümtau, üm dat un sick sülben tau bewunnern – un üm sick tau wiesen.

Van dei ännern Tiere up'n Haowe köm nich ein' äöwer den Baukstaoben ›A‹ weg. Et stellde sick uck heruut, dat dei Dümmeren, sücke as dei Schaope, Häuhner un Äönte, dei Säben Gebote nich eiß uutwenniglern kunnen. Lang' haar Schneiball deswägen hen un her äöwerleggt, wo man dat ännern kunn, bit üm dei Gedanke köm, dei Säben Gebote tau eine einzige Maxime tausaometautrecken. Siene Lösung geev hei dann as 'ne Aort Deklaration allgemein bekannt:

»Veier Beine sind gaut, twei Beine sind schlecht.« Hei sä dann noch: »In disse Maxime, dor sitt aals inne, wor et bi Animalismus up ankummp.« Wer dei begräpen haar, den kunnen dei Mensken nicks mehr wiesmaoken. Dei Väögel, Äönte, Häuhner un Duuben, dei trücken sick dat ›twei Beine sind schlecht‹ aower eierste noch eiß an, sei sän', sei haarn doch uck twei Beine. Schneiball kunn ehr dann aower bewiesen, dat et so nich was.

»Kameraoden«, sä hei, »jau Fläögels, dor käönt gi mit fleigen, dor quält gi doch nümms mit. Deswägen is jeder Flittk van'n Vaogel as Bein tau tellen. Wat den Mensken, dissen Quälgeist, ganz entscheidend uutmaoken dait, dat is siene Hand. Dormit richtet hei doch aal sien Unheil an.«

Dei Väögel verstünnen uck dat man halv, leeten dat, wat hei sä, aower gellen, un dei, wat dei nich ganz so klauken Tiere wörn, dei füngen forts an, dat Neie tau üben. Dei Maxime wüdd dann vör'n Schürngäbel schräben, uck in witt un dat in noch gröttere Baukstaoben äöwer dei Säben Gebote:

VEIER BEINE SIND GAUT, TWEI BEINE SIND SCHLECHT.

Dei Schaope wörn et, dei dor am meisten van hüllen. Fäökener köm et vör, dat dei, wenn se aobends satt uppe Weide leegen, aohne halvwägs vernünftigen Grund tau blaan anfüngen: »Veier Beine sind gaut, twei Beine sind schlecht.« Stundenlang hüllen se dat dann dör, vermeun dön' dei dorbi nich.

Dat Hai was gaut in'n, do kreegen Jessie un Bluebell nägen kräftige Hünndkes. Nao'n poor Wäken all, at dei jüst affsett't wern kunnen, nöhm Napoleon dei nägen Lüttken Jessie un Bluebell weg. Dei tau ertrecken, sä hei, dorför wull hei sülben verantwortlich wäsen. Hei nöhm se mit up'n Haibäönen, dor kunn man bloß vanne Geschierkammer uut mit ’n Leddern herup. Hei wull dei Hünndkes verstoppen. Dei ännern schullen vergäten, dat et dei äöwerhaupt geev. So is et dann uck kaomen.

Dat Geheimnis, wor dei Melk bleev, dat is wanneier upklärt worn. Jeden Dag kreegen dei Schwiene dei. At dei frauhriepen Appeln vanne Bömen füllen, dei Brink in’n Appelgorn van Fallappeln vull leeg, dunn mennen dei ännern Tiere, dat dei dann doch woll an aal gliek verdeielt wüdden. Dürde aower nich lang, do wüdd anordnet, dei Appeln mäössen aal fein upsäöcht un nao dei Geschierkammer bröcht wern. Dei Schwiene wullen dei häbben. Dorin wassen dei sick einig. Doräöwer meckern dann doch ’n poor, dat ännerde doran aower nicks. Quiekert wüdd loskrägen, hei schull dei ännern dat begrieplick maoken. Un hei dö, wat hei kunn: Hei trippelde nervös van ein Bein up’t ännere, wisskede mit sien Stert iewerig hen un her un füng upfällig luut an:

»Kameraoden«, sä hei, »ick haop, gi meent nich, dat wi Schwiene dat dörsetten willt, weil wi Egoisten sind oder us privilegiert feuhlen daut. ’ne ganze Riege van us, dei mag äöwerhaupt kien Melk un kien Appeln. Ick jedenfalls nich. Uuse einzige Absicht is, dormit för uuse Gesundheit tau sorgen (wissenschaftlich is dat naowiesen, dat dat gaiht). In Melk un Appeln sind Substanzen, dei absolut notwennig sind, wenn ’n Schwien sick wohlfeuhlen schall. Wi Schwiene arbeit’t mit’n Kopp. Van us hang et aff, wo uuse Farm organisiert wedd, mit oder aohne Erfolg. Dag un Nacht passt wi dorför up, dat et jau gaut gaiht. Dat kummp jau taugaue, wenn wi dei Melk kriegt un dei Appeln upät’t. Bedenkt gi dat äöwerhaupt, wat passeiern kunn, wenn wi dat nich dön’? Jones kunn weerkaomen!

Kameraoden, dat van jau dat nich ein' will, dorin bin ick mi sicher.«

Eins wullen dei Tiere tatsächlich nich, dat Jones noch maol uptauchen dö. At se begräpen haarn, dat dei Kerl ünner Ümstännen weerkaomen kunn, geeben se sick taufräe. Dann möss aals daon' wern, dat dei Schwiene nich krank wüdden. Lang' diskutiert wüdd do nich mehr. Man was sick uck doräöwer einig, dat dei Schwiene wieterhen dei Melk un naoher uck dei Plückappeln kriegen schullen.

Kapitel IV

Nao'n Harvst tau haar sick dann doch inne Naoberskupp un uck noch wieter ümtau rundschnackt, wat up dei ›Animal Farm‹ passeiert was. Wat leeg dat uck ja doran: Jeden Dag schickden Schneiball un Napoleon fief off sess Duuben los. Dei schullen sick tüssken dei Tiere van dei Naoberfarmen missken, dei äöwer dei Rebellion up dei ›Manor Farm‹ instruiern un ehr dat Lied ›Tiere van England‹ bibringen, wenigstens dei Melodie.

Mr Jones, wor is dei einlick bedort? Ganze Daoge häff hei in Wellington in'n *Roen Löwen* anne Theke hangen, häff jeden, dei üm den Gefallen dö, dat hei taulusterde, vörjammert, wat för 'ne aohnwäten Ungerechtigkeit hei dörstaohn möss. Hei was van sien eigen Veih, van eine Horde Tiere, jüst van dei, dei för nicks tau bruuken wäsen wassen, van Huus un Hoff jaogt worn.

Prinzipiell stimmden üm dei ännern Buurn dann tau, helpen dön' se üm aower nich. Jeder was an't simuliern, off hei nich doch uut Jones sien Malheur 'n Vördeil trecken kunn. 'n Glück was för dei Tiere uppe ›Animal Farm‹, dat dei Eigentümer van dei beiden Buurein, dei mit ehr Land an dei ›Animal Farm‹ anscheiten dön', sick gägensietig nich uutstaohn kunnen. Dei eine Buurei heet Fossbusk, dei was groot, aower verkaomen un ooltmäutsk. Gröttere Ackerflächen wörn taubuusket, dei Weiden wassen aohnwäten schroo und dei Euwers in'n unmöglichen Taustand, siet Johrn nich trüggesett't. Mr Pilkington, dei Buur up Fossbusk, was so'n Aort

Landedelmann, ’n bittken lichtfarig, ein’ van dei, dei rein tau gern fissket un uppe Jagd gaoht. Dei ännere Buurei heet Pinschfeld, dei was lüttker un instann’. Mr Friederich was dei Eigentümer, ’n Kerl van Gesundheit un buurnschlau van Charakter. Andauernd leeg hei vör Gericht. Hei güllt dorför, dat hei ’n gaun Geschäftsmann was. Disse beiden haarn sick dermaßen inne Kladden, dat se sick seläwe nich einig wern kunnen, uck dann nich, wenn dat för beide ’n Vördeil wäsen was.

Wat dei Rebellion uppe ›Animal Farm‹ angüng, haarn dei beiden aower deiselben Sorgen, haarn deswägen allbeide sogaor ’n bäten Angst. Sei wörn dor ganz up bedacht, dat ehr eigen Veih dor nich tau väl van hörn dö, van den Upstand. Eierste dön’ sei so, as wenn se doräöwer lachern mäössen, wenn dat Veih mennde, Kaih un Peer kunnen eine Buurei verwohrn. Un sei sän bi jeder Gelägenheit, dat ganze schull in veiertaihn Daoge woll vörbi wäsen.

Sei schnackden dor uck so äöwer: »Dat Veih uppe ›Manor Farm‹ (sei bestünnen dor up, ›Manor Farm‹ tau säggen; den Naom ›Animal Farm‹ leeten sei nich tau) verdrägg sick äöwerhaupt nich, dat verhungert wanneier.« Mit dei Tied markden sei aower, dat dei Tiere vanne ›Manor Farm‹ nich verhungern dön’. Do ännern Friederich un Pilkington ehre Taktik. Sei sän do: »›Animal Farm‹? Sodom un Gomorrha!« Dat Veih freet sick gägensietig up, dei Tiere quälden sick mit glainige Peeriesen un haarn ehre ›holde Weiblichkeit‹ in Kommunen ünnerbröcht. Disse sittliche Verfall dei köm dorvan, sän Friederich un Pilkington, Tiere as Herren, dat was widernatürlich.

Ganz för wohr affköfft häff dei beiden Buurn dat aower

nümms. In'n Gägendeil, dei Naobers ümtau wüdden mit dei Tied immer ohrscheiwer: Hartnäckig hüllt sick 'n Gerücht, dat geev 'ne Buurei, dei van't Veih verwohrt wüdd, wor aals upstäe was. Dei Buur was van sien eigen Veih wegjaogd worn.

Wor dat an liggen dö, dor kunnen dei Buurn allerdings lange Tied gaor kien strammen Grund för finnen. Inne Kneipe simuliern sei dor immer van neien äöwer. Bit ein' eiß maol frög: »Wo is dat einlick bi jau? Ick meen aal, man kann vandaoge mit't Veih gaor nich mehr so einfach üm'gaohn as fräuher.« »Wieso dat dann?« Dat wull'n dei ännern do ja wäten. »Ick weit 't uck nich. Deswägen fraog ick ja. Aower, komisch is et ja doch. Belävt häbb ick dat sonst maläwe noch nich: Bi us benimmp sick dat Veih änners.« »Du, dat bills du di in«, wüdd üm do vörhool'n. Hei leet dat dann nich up sick sitten un sä: »Du kanns denken, wat du wullt. Dat bi us up'n Haowe dat Veih sick nich normaol verhollt, dat seih ick mit eigen Oogen. Uus Alexander, dei Bulle, dei will nich mehr pariern. Wi häbbt all Angst, hei kunn woll up Lüe losgaohn. Un uuse Kaih stöt't dei Melkemmers üm'.« »Dor säggs du wat«, köm üm do well tau Hülpe, »wi häbbt et mit dei Schaope. Dei bräkt mit Gewalt dör't Euwer un verfrät't sick näbenan in dei geilen Luzerne. Immer weer daut se dat.« Forts fünnd sick do noch ein', dei uck so wat belävt haar. »Uus Junior, hei is ja 'n Rieer – Jagdrennen un so –, dei is disdaoge vermalheurt. Hei sä, dat haarn se noch nich hat, aal Peer haarn verweigert un ehre Rieers in'n hoogen Baogen äöwer dei Hürden katapultiert.« Dat reichde dann uut. Dei Buurn wassen sick dorin einig, ehr Veih was upsteubt worn. Van well, dat was dei Fraoge.

At se dat inseihn haarn, riegde sick för dei doch manches. Wat haarn sei nich aal all gägen dat Lied ›Tiere van England‹ ünnernaohmen? Un trotz alldem, dei Melodie un uck aal Strophen kennde man intüssken äöwerall. Dat Lied haar sick verdammt schlacke uutbreit't. Sei haarn et einfach nich glöben kunnt, dat Tiere sick so 'n respektlosen Unsinn bibringen kunnen. Wat haarn sei nich aal all versäöcht: Lange Tied haarn sei so daon', as wenn sei dat Gegröle för lächerlich hüllen. At dat nicks haolpen haar, haarn sei sogaor ehr eigen Veih verprügelt, sogaor dann, wenn 'n Kauh oder 'n Schaop dei Melodie uck man bloß summt haar. Un wat was dorbi heruutkaomen? Rein gaor nicks. Villicht dat Gägendeil.

Dei Schwattdraußeln seeten in'n Hägen un flüstern ›Tiere van England‹, un dei Duuben inne Ulmen gurren dei Melodie. Dei misskede sick sogaor tüssken dat Din-Din-Din, dat uut 'ne Schmäe heräöwerklüng, un in dat Bimbam, wenn dei Karkenglocken lüen. Dei Mensken, dei dorup lustern, löp et dann gries äöwer'n Puckel, sei mennen, eine Prophezeihung tau vernähmen, Schreckliches schull up ehr taukaomen.

Anfang Oktober – Weiten, Roggen, Gessen un Haowern wörn all twei Maonde ünner Dack, wat dorvan haarn se uck all dössket – dunn fägde ein Schwarm Duuben van baoben herdaol in'n Hoff vanne ›Animal Farm‹ herin. Wat dei seihn haarn? Jones was mit siene Lüe un noch 'n halv Dutz Kerls van Fossbusk un van Pinschfeld in'n Anmarsch. Dör dei iesern Porten wörn dei all dör, kömen stracks up'n Hoff tau, aal mit dicke eiken Knüppels, Jones vörup, mit siene Jagdflinten.

»Dei willt dei Farm trüggeerobern. Wat sonst?«, stellde

Schneiball do upfällig sachlich faste. Genauso ruhig geev hei dann siene Kommandos. Nao'n poor Minuten was jedet Tier all up sien Posten. Napoleon un hei haarn mit so wat räkt, haarn vörsorgt. Schneiball haar 'n oolt Bauk studeiert, Julius Caesar sien *Bellum Gallicum.* Dat Bauk – mit mehrere Vörschläge tau Strategie un Taktik – haar hei in'n Waohnhuuse funnen.

At Jones siene Truppe den Hoff dichter köm, kummdeierde Schneiball den eiersten Gägenangriff. Dei Duuben, ein Geschwader van säbentwintig Stück, steegen van neien up, draihn in'n Haowe noch eine Runde, üm sicher tau wäsen, dat aal mitkömen, un üm wat höger uptaustiegen. Dann aower mit Schwung den Feind intaumeute. Verjaogen schullen sick Jones un siene Lüe, wenigstens för'n Oogenblick staohn blieben un nao baoben kieken. Genauso köm dat dann uck. Dei Duuben nutzen dat uut, fluttern äöwer dei Mensken hen un her un scheeten dei van baoben up'n Kopp, inne Oogen un in'n Nacken. Sowießen at dei Feinde dat affwissken dön', stöben dei Göse achtern Hägen weg un kneepen Jones siene Kerls derbe inne Küte.

Mr Jones un siene Lüe kunnen mit ehre Knüppels gägen dei Göse ja woll an. Schneiball schickde do siene eierste Reserve vör. Muriel, Benjamin un aal Schaope – hei vörup – stürmden los un stött'den un treen van aal Sieten up dei Feinde in. Benjamin draihde sick üm' un wicksde achteruut, so hart as hei dat mit sien doch man lüttken Häuwe kunn. Trotz aaldem, Jones siene, mit ehre Knüppels un derben Naogelschauh, kreegen weer dei Äöwerhand. Do queek Schneiball, bloß einmaol, aower luut. Dat was för dei Tiere dat Signaol taun Rückzug.

Jones' Mannslüe triumphierden. Sei sehgen ehrn Feind in voller Flucht, möken dann aower forts den grooten Fähler, dor unbedacht achteran tau setten, genau dat, wat Schneiball erreichen wullt haar. Sei wörn noch man jüst up'n Haowe uppe, do schneen dei Peer, dei Kaih un ein Deil vanne Schwiene ehr den Weg van'n Hoff herünner aff. Dei Peer un aal dei ännern haarn in'n Kauhstall in'n Hinterhalt lägen. Dor stöben dei heruut un achter Jones siene Lüe achterlangers, dat dei nich mehr wegkunnen. Dat was genau dei Laoge, dei Schneiball taun Großangriff uutnützen wull. Hei sülben nöhm Jones in't Ooge. Dei markde dat, trück siene Flinten inne Schullern un schöt. Ein Schaop füllt doote üm'. Einige Schrottkörner ritzden Schneiball bläuerige Striepens äöwer'n Puckel. Uphoolen leet Schneiball sick dordör nich, hei sprüng mit siene tweihunnert Pund Gewicht Jones gägen 't Bein un schmeet üm in'n Hoopen Schwienschiete. Den füllt sien Gewehr uut dei Hand. Wat Boxer farig brögde, dorvör kreegen Jones siene Kerls allerdings mehr Angst. Boxer nöhm sick up siene Achterbeine vörn hoch un haude mit siene Vörderbein' as 'n Hingst üm sick tau. Mit sien allereiersten Schlag dröp hei 'n Peerburschen. Dat was ein'n van Friederich siene, ein' van dei Fritzen. Mit ein Schlag an'n Kopp haar Boxer den anne Grund haut. Dei scheen doote tau wäsen. At Jones siene dat sehgen, schmeeten wecke ehre Knüppels weg un versöchden Reißuut tau nähmen. Wunnern bruukde man sick doräöwer nich: Sei kreegen van aal Sieten heller wecke up't Jack. Eierste güng 't up'n Haowe 'n poormaol rund, dei Kaih stött'den mit ehre Hörn dei Feinde in'n Rüggen, dei Peer haun mit Achter- un Vörderbein' nao ehr, wenn ein' tau Fall köm, dor trappeln dei Schwiene up herüm'.

Uppe ›Animal Farm‹ geev et nich ein Tier, dat sick nich up siene Aort un Wiese insetten un wehrn dö. Sogaor dei Katte, sei sprüng van 't Dack herünner den Melker, dei up Pinschfeld dei Kaih verwohrn dö, uppe Schullern un haude den ehre Tatzen so in'n Nacken, dat dei luutuut jöllen dö. At do 'ne Gelägenheit köm, dat Jones siene Lüe weer van'n Hoff affkunnen, nöhmen dei dat alltau gern wohr: rünner van'n Hoff un mit Gewalt nao dei Straoten naotau. Ein Trupp Göse zischde achter ehr an, dei kneepen dei Kerls immer noch eiß weer inne Küte.

Uppe ›Animal Farm‹ verkröpen sick aal Tiere, meue as sei wassen, eierste eiß in ehre Ställe. Dat uck woll deswägen, jederein' wull nao dat Gefecht un nao den grooten Sieg wenigstens 'n Oogenblick mit sick allein wäsen. Boxer haar ännere Sorgen. Hei bleev allein buuten, hei sehg den Peerburschen liggen, mit't Gesicht in'n Dreck. Verlägen kratzde hei mit sien Hauf uppe Grund herümme un versöchde, den Jungen ümtaudraihn. Rögen dö dei sick nich mehr.

»Hei is doote, is bedreuvt«, stöhnde Boxer. »Dat häbb' ick nich wullt. Ick häbb dor nich an dacht, dat ick Iesen ünner haar. Off mi well glövt, dat ick dat nich absichtlich daon häbbe?«

»Kameraod, kiene Sentimentalitäten!«, röp Schneiball üm do van wieten tau, »Krieg is Krieg. Dei gaue Mensch, dat is dei doe Mensch.«

»Ick will kien Läben up'n Gewäten häbben, uck kien menschlicket Läben«, antwort'de Boxer. Dei Traonen löpen üm äöwer dei Backen.

Schneiball güng dor äöwerweg, hei frög: »Wor is

Mollie einlick?"

Dei was tatsächlich verschwunnen. För'n Oogenblick geev dat 'ne groote Upprägung. Man haar Angst, dat sei van Jones siene Kerls wat affkrägen haar. Villicht haarn dei Mollie sogaor mitnaohmen. Luzi fünnd se. Sei haar sick in ehrn Stall verkraopen. Inne Krübben seet 'n Forkvull Hai, dor haar sei ehrn Kopp ünnerstäken. At Jones den Schuß uut sien Flinten affgäben haar, do all haar sei sick verdrückt.

At aal Tiere sick van dei Anstrengung un Upprägung 'n bäten verhaolt haarn, treen boll' aal weer up'n Hoff herup, villicht bloß, üm 'n bäten tau schnacken. Do füllt up, dat sick dei Peerbursche uut'n Staube maokt haar. Dann was dei also nich doote, bloß bewusstlos wäsen.

För dei allermeisten Tiere was dat 'n Grund mehr, den Sieg äöwer Jones düchtig tau fiern. Dat güng dann aohne irgendeine Vörbereitung einfach man so los. Dei Faohnen wüdd an'n Mast hochtrocken, un aalmantau wüdd ›Tiere van England‹ sungen. Aal tauglieke wullen van ehre Heldentaten vertellen, dei se farig bröcht off dörstaohn haarn. Luut wüdd di dat do, kunns dien eigen Wort nich mehr verstaohn. Gägen Aobend wüdd dat Schaop, dat tau Malheur kaomen was, fierlick erd't. Ein Rotdornbusk wüdd up't Grab plant't. Schneiball hüllt noch 'ne lüttke Anspraoke. Üm güng dat dorüm', dorup hentauwiesen, wo wichtig as dat was, dat Peer un Kaih, dat aal, wenn et dorup ankaomen dö, immer praot wäsen mäössen, as Held tau starben.

Einstimmig beschlöten dei Tiere dann noch, twei militärische Orden tau stiften: ›Held vanne Tiere, Eierste Klasse‹. Schneiball un Boxer kreegen den sofort un uppe

Stäe. Dat was ’ne goldfarbene Medaille, sönndaogs un an Fierdaogen dröff dei draogen wern. In Würklichkeit wassen dat Plaketten, dei Jones siene Peer eiß maol krägen haarn. Inne Geschierkammer haarn dei Schwiene dei funnen. ›Held vanne Tiere, Tweite Klasse‹, den Orden kreeg dat vermalheurde Schaop, posthum.

Dann güng et ehr uck noch dorüm, wo dat Gefecht näumt wern schull. Sei einigen sick up ›Schlacht bi’n Kauhstall‹. Begrünnen dön’ se dat dormit, in’n Kauhstall haarn se in’n Hinterhalt lägen, van dor uut haarn se Jones siene Lüe inkädeln kunnt. Den siene Flinten haar intüssken uck well uut’n Dreck trocken. Dortau wüdd noch beschlaoten, dei Püster schull näben den Faohnenmast stellt wern, as so’n Stücksken Artillerie. Tweimaol in’n Johr dröff dor ’n Schuß uut affgäben wern – an’n twölften Oktober, den Johresdag vanne ›Schlacht bi’n Kauhstall‹, un inne Middsommernacht, den Johresdag vanne Rebellion. Dat se in’n Waohnhuuse ’n masse Schrottpatronen funnen haarn, dat köm dei Tiere dorbi gaut tau passe.

Kapitel V

Läöter in'n Harvst mök Mollie van Dag tau Dag mehr Schwierigkeiten. Jeden Morgen köm sei uppe Arbeit tau laote. Sei klaogde dann äöwer Buukpien un sä alltied, sei haar sick verschlaopen. Ehr Appetit was aower bäter as gaut. Sei leet ehre Arbeit uck immer eiß weer einfach liggen un löp nao't Waoter in'ne Peerkuhlen hen, wor sei sick dann, eitel as sei was, in'n Speegel bekieken dö. Sorgen scheen se nich tau häbben. Baoben dem geev dat uck noch Gerüchte van eine Saoke, dei noch mehr Gewicht haar.

At Mollie eiß maol up'n Haowe so för sick hen un her güng, do sprök Luzi Mollie dorup an.

»Luster eiß tau«, sä Luzi, »ick mott wat mit di beschnacken. Van Morgen sehg ick dat, du keeks äöwer dat Euwer dor, dat tüssken uuse un Fossbusk sien' ligg. Ein' van Pinkelton siene Kerls stünnd uppe ännern Siete. Ick was 'n ganzen End wäge, bin mi aower mehr off minner sicher in dat, watt ick seihn häbbe. Dei Mann schnackde mit di, un du häss di nich wehrt, at hei diene Näsen straoken dö. Wat bedütt dat, Mollie?«

»Hei dö dat nich! Ick was dat nich! Dat is nich wohr, un is et nich!«, schnaude Mollie. Sei stolzierde hen un her un kratzde mit'n Hauf uppe Grund herüm'.

»Mollie, kiek mi inne Oogen!«, sä Luzi. »Kanns du mi dien Ehrenwort gäben, dat dei Kerl diene Näsen nich straokt häff?«

»Ganz bestimmt nich! Nümms häff mi straokt«,

antwort'de Mollie. Aower Luzi inne Oogen kieken, dat kunn se nich. Sei schüttkoppde jüst noch recht stramm, draihde sick van Luzi weg un galoppierde den Hoff aff dat Feld in – leet Luzi dumm staohn.

Luzi haar do 'n Infall, sä dor aower nich ein' wat van. Sei güng nao Mollie ehrn Stall hen, wull sick dor eiß üm'kieken. Ünner't Stroh fünnd sei 'n lüttken Höpken Zuckerstücke un mehrere Knaul Schleifen, bunte Bännen in aal Farben.

Drei Daoge läöter was Mollie verschwunnen. Wor was dei bloß bläben? Mehrere Wäken lang wüss dor nich ein' wat van. Bit dei Duuben vertellen dön', dat sei Mollie seihn haarn, achtertau in Willingdon, as Einspänner vör'n schwattrot Jick, dat vör'ne Kneipe stünnd. Ein Manns-menske mit 'n rot Gesicht, karierte Breeches an'n, Gamasken ün'n ümtau, dat möss ja woll dei Wirt wäsen häbben, dei haar ehr dei Näsen straokt, ehr uck Zucker gäben. Eine scharlachroe Schleife haar sei in ehre Mähnen flochten hat. Dei Duuben mennen, Mollie scheen gaut taufräe tau wäsen. – Naodem is van Mollie uppe ›Animal Farm‹ nich mehr schnackt worn.

In'n Januar wüdd et bitterkoolt. Hart as Iesen was dei Ern frorn, bi dei Külle was up'n Acker nicks tau maoken. Weil se Tied genaug haarn, laode Schneiball all Oogenblick tau 'ne Versammlung nao dei Schürn in.

Dörsett't haar hei all, dat aal Tiere dormit inverstaohn wassen, dat dei Schwiene aal Fraogen, wat dei Farm angüng, entscheiden kunnen. Dei Versammlung was aower taugestaohn worn, dat ehr wichtige Saoken för eine Affstimmung vörleggt wern mössen. Wenn dei Schwiene sowieso dei Kläuksten wassen, worüm nich so? Dat haar uck ja aal ganz gaut klappt, wenn et nich immer weer dei Kabbelei tüssken Schneiball un Napoleon gäben haar. Dei beiden kreegen sick doch äöwer aals inne Wulle, uck dann, wenn se sick bloß in'n ganz näbensächlichen Punkt noch nich einig wassen. Wenn ein' van dei beiden vörschlög, mehr Gessen tau sain, kunns du dormit räken, dat dei ännere mehr Haowern anbaun wull. Wenn ein' sä, dat up 'n Stück Eskland kruusen Kohl besünners gaut wassen dö, mennde dei ännere, dor mäössen Wurreln in. Faoken bleeben dei Debatten dann uck nich sachlich. Jeder van dei beiden haar siene Anhänger. Weil Schneiball bäter räden kunn, wünnt hei dat meistied. Napoleon geev dat Purren dann aower nich tau. Sowießen at Schneiball mennde, dat hei sick dörsett't haar, versöchde Napoleon immer noch, wecke nao sick räöwertautrecken. Mit dei Schaope klappde dat för üm am besten. Wenn ehr dat dor nao leet, dat Schneiball dei Äöwerhand kriegen dö, dann füngen dei einfach an tau blaan: »Veier Beine sind gaut, twei Beine sind schlecht«. Wenn et dorup anköm, ünnerbröken se dormit sogaor 'ne Versammlung. Dat bröchden dei farig.

Schneiball haar in'n Waohnhuuse oole Zeitschriften funnen, ›Ackern un Tüchden‹. Dei haar hei genau studeiert. Sietdem dachde hei äöwer groote Innovationen, aower uck äöwer lüttkere Rationalisierungsmaßnahmen nao. För dei Tiere arbeit'de hei uut, wo sick dat Mess- un Jauchefäuhern vermeiden leet: Sei schullen morgens un aobends äben nao dei Wissken un Weiden oder nao't Ackerland ruutträn un sick dor dann lösen, jedsmaol up 'ne ännere Stäe. Uppe Versammlungen schnackde hei van do aff an as 'n Schaulmester äöwer Drainieren, Silieren un

Finanzieren.

Napoleon mök kiene grooten Pläöne. Dorför kritisierde hei sien Gegner achtern Rügge: Bi Schneiball sien Iewer, jeden Schittschäde tau plaonen, kunn nicks Vernünftigs ruutkaomen. Dei dö siene Tied verplempern. Den gröttsten Krach tüssken dei beiden geev et noch wägen dei Windmäöhlen.

Dei lüttke Boll, nich alltau wiet van'n Hoff wäge inne ›Langen Weide‹, was dei höchste Punkt uppe ›Animal Farm‹. At Schneiball dor eiß maol baoben uppestünnd, köm üm dei Gedanke, dat dor uppe 'n allerbesten Bauplatz för eine Windmäöhlen was. Disse Idee bräöchde hei, at üm dat passend scheen, up 'ne Versammlung inne Schürn vör. Hei haar sick den Baugrund up'n Boll un ümtau genau ankäken, sä hei. Dei Mäöhlen schull 'n Dynamo drieben, dei dei Farm mit Strom versorgen kunn – för Licht inne Ställe un Warmte in'n Winter. Maschin' kunnen uck ja anschlaoten wern: Kreissaogen, Hackels- un Reubenschnieer, sücke. Äöwer eine elektrische Melkmaschin' haar hei uck all naodacht. Van so wat haarn dei ännern Tiere seläwe noch nich wat hört (dat leeg uck doran, dei Farm was ooltmäutsk), lustern aower üm so andächtiger tau. Schneiball steigerde sick, schnackde van fantastische Apparaote, dei för dei Tiere dei Arbeit möken. Dann kunnen dei sowießen friedlich un taufräe inne Weide gräsen oder sick dör Bäukerläsen un gepflegte Konversation wieterbilden.

Nao'n poor Wäken all haar hei den Bau vanne Windmäöhlen bit in aal Einzelheiten dörplaont. Dei mechanischen Details kömen meist uut drei Bäuker, dei Mr Jones achterlaoten haar: *Duusend Tipps för jede*

Huushölgen, Jeder sien eigen Mürker, Elektrotechnik för Anfänger. Üm bi sien Studeiern Ruhe tau häbben, trück hei sick immer noch eiß weer stunnenlang in den Ruum trügge, wor vörher dei Bruutmaschin' instaohnen haarn. Üm köm dorin Wichtigs tau passe: Dei hölten Fautboden was so schön glatt, dor kunn hei siene Ideen upteiken. Wenn hei dor taugange was, mit'n Stück Kriede tüssken siene Kläönkes van sien rechte Vörderpötken, schnell hen un her tippelde un aohn Lineaol ein lieken Strich nao'n ännern trück, sehg dat direkt nao wat uut. Kunns di bloß wunnern, wo hei taurechte köm. Dorbi knüffde hei aff un tau liese vör sick hen. Wenn hei so an't Konstruieren was, dann was hei mit sick sülben gaut taufräe. Mit dei Tied wüdden dei Pläöne wägen dei välen Kurbeln un Kammrör allerdings immer komplizierter, un dei Teiknungen bedeckden wanneier den halben Fautboden, bleeben deswägen uck nich so äöwersichtlich. Verstaohnen kunnen dei ännern Tiere dei all lang nich mehr. Sei wassen van Schneiball siene Kunst aower doch daon' beindruckt. Wenigstens einmaol daogs keek jedet Tier bi üm herin, üm 'n Blick up siene Arbeit tau schmieten. Sogaor dei Häuhner un dei Äönte leeten sick seihn, sei bewägden sick dann ganz vörsichtig, dat se man bloß nich up dei Kriedestriche trän dön'.

Ein' dö allerdings so, as wenn üm dat aal nicks angüng, dat was Napoleon. Hei haar sick van Anfang an gägen dei Windmäöhlen uutspraoken. Eines Daogs stünnd hei dann doch unverhofft inne Dörn van'n Bruutruum un haar, so as et scheen, wat Bestimmtes vör. Langsaom un bedächtig stappde hei üm Schneiball siene Teiknungen ümtau, keek sick aals genau an un schnüffelde doran herüm'. Dann stünnd hei dor ’n Tiedlang so, as wenn hei sick dat ganze dör’n Kopp gaohnen leet. Mit’n halv Ooge keek hei allerdings uck noch up Schneiball siene Konstruktionen. Do mit maol nöhm hei ein Bein hoch un meeg up dei Pläöne, sä kien Wort un güng hendaol.

Dei Tiere uppe ›Animal Farm‹ wassen, wat dei Windmäöhlen angüng, ganz un gaor uneins. Schneiball dö ja nich behaupten, dat dat kiene schwore Arbeit was, dei Mäöhlen tau baun. Dat wüss hei jüsso gaut as dei ännern. Stein’ mäössen uut’n Barg braoken un tau Mürn upsett’t wern, dei Seilen mäössen se anfarigen, Dynamos mäössen dor her un woväl Meter Kabel woll. Wor dei maokt wern schullen, dat sä hei nich. Hei bestünnd dor aower up, dat ganze kunn in ein Johr farig wäsen. Un dann erklärde hei, woväl Arbeit uppeduur insport wüdd: Wenn aals farig was, dann bruukden dei Tiere bloß man mehr drei Daoge inne Wäken tau arbeiten.

Napoleon argumentierde änners: Dat Wichtigste was, mehr Fauer tau produziern. Wenn sei wägen dei Windmäöhlen ehre Tied verquittken dön’, dann mäössen sei verhungern, dei ein so as dei ännere.

Uppe ›Animal Farm‹ füllen do dei Tiere in twei Fraktionen uutenein’. Dei eine hüllt sick an Schneiball. Dei wullen bloß noch drei Daoge inne Wäken arbeiten. Dei ännere löp achter Napoleon achteran. Immer satt tau fräten tau häbben, dor köm dei dat up an.

Benjamin was dei einzige, dei sick nich fasteleggen dö. Beides glöwde hei nich, dat dat Fauer uppeduur nich mehr so knapp wäsen schull, dat hüllt hei nich för wohr, un dat mit dei Windmäöhlen so väl Arbeit intausporn was, dat uck nich.

»Off dor'n Windmäöhlen kummp off nich, dat Läben gaiht so wieter as alltied – un dat is Mess«, sä hei.

Tüsken dei beiden strietsüchtigen Ebers geev et noch 'n Problem. Sei wassen sick nich einig, wo dei ›Animal Farm‹ verteidigt wern schull. Dat dat irgendwann nödig wüdd, doräöwer geev et tüssken dei beiden allerdings kien Striet: Wenn ehr Buur un siene Lüe inne ›Schlacht bi'n Kauhstall‹ uck heller wecke up't Jack krägen haarn, Ruhe geeben dei deswägen nich, dei versöchden dat ganz bestimmt noch maol, dei Farm trüggetauerobern, Jones in siene oolen Rechte weer intausetten. Dat dei dat vörhaarn, dat allein ja all deswägen, weil ehre Niederlaoge gägen Kaih un Peer un Häuhner, gägen Veih, inne ganzen Gägend beschnackt un immer van Neien dörkaut worn was. Dei Tiere uppe Naoberbuurein wassen deswägen uck ja achter aals achterkaomen un nich mehr so geduldig un taufräe as vör Johrn. Wat as Verteidigung dat beste was, dorüm güng Schneiball un Napoleon dat.

Napoleon schlög vör: »Wi mäöt us Gewehre beschaffen un dann stramm exerziern, dat wi dor uck mit ümmegaohn käönt.«

Schneiball mennde, sei mäössen mehr Duuben loskriegen, dei mäössen up dei ännern Häöwe in't Für puußen, dat sick dei Revolution uck dor dörsetten dö.

Ein Deil vanne Tiere argumentierde do, wenn se sick sülben nich verteidigen kunnen, dann wüdd ehr dat Land weer wegnaohmen, dann wüdd ehr dat Fell äöwer dei Ohrn trocken, dat was doch kiene Fraoge. Dei ännern mennen aower, wenn dei Revolution sick sowieso uutbrein dö, dann was et nich nödig, sick dorför intausetten. – Dei meisten Tiere haarn kiene eigene Meenung. Dei stimmden

den tau, dei ehr in'n Moment siene Ansicht verklaorn wull.

At Schneiball siene Pläöne farig haar, drängde hei dorup, dat doräöwer affstimmt wüdd. Dei Versammlung wüdd up den taukaomen Sönndag ansett't. At uck dei Äsel – as Läste – inne Schürn herinkaomen was un ein' van dei Löperschwiene dei Schürndörn tauschaoben haar, stünnd Schneiball up. Noch maol trück hei siene Grünn' hoch, dat dei Windmäöhlen baut wern möss. Up Napoleon siene Antwort bruukden dei ännern nich lang' tau teuben.

Dei stünnd up, bleev ganz ruhig un sä: »Sinn häff dat nich, dei Windmäöhlen tau baun. Ick häbb nümms den Raot gäben, dat hei dor vörstimmen schull.« Batts sett'de hei sick weer hen. Dat leet so, as wenn üm dat ganze Wark ennerlai was.

Do stellde Schneiball sick up siene Achterpooten un argumentierde noch maol för den Bau vanne Windmäöhlen. Hei läe sick richtig in't Tüg, sien Gedankengang was schlüssig. Aower, dei verdammten Schaope blaan üm dor wisseweg tüssken.

Vanne ›Animal Farm‹ maolde hei 'n Bild: »Wenn dei Mäöhlen farig is, dann giff et bi us up'n Haowe kiene dreckige un kiene schwore Arbeit mehr. Dei elektrische Strom kann Döschkemäöhlens andrieben un Pläuge, Ägen, Walzen, Maihmaschin' un Mähbinners trecken, näbenbi uck noch jeden Stall mit elektrisch Licht, elektrische Heizung un mit warm un koolt Waoter versorgen. Dat gaiht us vandaoge nich mehr üm Hackels- un Schnibbelmäöhlens för Wurreln un Reuben. Kameraoden, wer sick dor noch bi uphoolen dait, dei bliff achter, un dait hei!« At hei sick do weer hensett'de, ganz verschweit't, was et kiene Fraoge mehr, dat Schneiball dei Mehrheit achter sick haar.

Napoleon köm aower noch maol hoch, keek Schneiball vanne Siete verächtlich an un geev ’n hoogen Ton van sick, so’n Geluut, so ’ne Aort un Wiese tau quieken, dat haar van üm bit dotau noch nich ein’ hört. Dat möss woll ’n Kommando wäsen häbben: Buuten füng irgendwat an tau bläken, an tau jawweln, an tau huulen, un dunn bröken uck all nägen kräftige Hünn’ inne Schürn herin. Aal haarn goldfarben Halsbän’ üm’. Up Schneiball wullen se los. Bevör üm dei Köters packen kunnen, kreeg hei noch jüst den Verwang rei, van sien Platz rünnertauspringen un uut dei Schürndörn tau flitzen. Dei Meute jaulde achter üm an. Dei ännern Tiere, so baff as dei wörn, kunn’ vör Angst nich wat säggen, drängden aower nao buuten, üm dei Hetzjagd tau verwohrn. Schneiball fägde dei ›Langen Weide‹ hoch nao dei Straoten tau. Hei löp schneller as man üm dat tautraut haar. Napoleon siene Hünn’ haolen aower up, kömen Schneiball immer dichter uppe Hacken. Dunn rutskerde dei Blaut uck noch uut, füllt un äöwerschlög sick as ’n Haosen. För’n Moment was hei vanne Schürn her tüssken dei Hünn’ gaor nich mehr tau seihn. Van wieten sehg et so uut, as wenn se üm tau packen haarn. Hei köm aower doch weer hoch un rennde noch ’n Tacken schneller. Dei Hünn’ weer achter üm an. Ein’ van dei reet sien Muul all aopen, wull Schneiball bi’n Stert packen. In’n allerlästen Moment kunn hei den uppe Siet schlaon’, kreeg do sogaor so wat as ’ne tweite Luft un kunn dör’n tackeligen Schleidornhägen springen. Nich eiß ’n Handbreit was hei noch vörup wäsen. Seihn häff üm naoher nümms mehr.

Van den Spektaokel verunsichert kröpen dei Tiere weer inne Schürn herin. Wanneier kömen uck dei Hünnen weer üm'. Bit do tau haar kienein' äöwerhaupt 'ne Idee dortau hat, wor dei Viecher äöwerhaupt henhörn. Dat ännerde sick aower schnell: Dat wörn dei nägen Hünndkes, dei Napoleon Driver un Jessie wegnaohmen haar. Heimlich möss hei dei irgendwor uptrocken häbben. Ganz uutwassen wörn dei ja noch nich, wörn aower doch all stämmige Hünn' un keeken uut as Wülwe. Well vör dei kiene Angst kreeg!? Uphoolen dön' se sick gern duun bi Napoleon. Un upfällig was, dat sei sick vör üm 'n bittken duukden un immer eiß maol weer den Stert tüssken dei Bein' kneepen, jüsso as Jones siene Köters ehrn Buurn gägenäöwer dat daon haarn.

Napoleon, dei Hünn' forts mit, treet do nao den Enn' vanne Schürn naotau, wor dei Fautboden 'n bäten höger leeg. Van datselbe Podest haar Old Major siene Räde hoolen, wor hei dei Revolution mit taugange krägen haar. Napoleon nöhm sien rechte Vörderbein hoch, üm sick Ruhe tau verschaffen. Hei möss ganz wat Wichtigs bekanntgäben, sä hei: Sönndaogsmorgens schullen dei Versammlungen nich mehr stattfinnen. Die wassen unnütz, deswägen äöwerflüssig. Dor wüdd bloß Tied mit verdaon'. Aal Fraogen, dei mit dei Arbeit up'n Haowe wat tau daun haarn, dei wüdden aff sofort van'n speziellen Ausschuss bearbeit't. In den Ausschuss kunnen bloß Schwiene herinwählt wern. Dei Schwiene wassen nu maol dei Kläuksten. Hei sülms wull dei Kandidaoten bestimmen. Hei äöwernöhm uck den Vörsitz van den Ausschuss. Gäste wassen bi Sitzungen nich taulaoten. Aal Beschlüsse wüdden bekanntgäben. Un: Versammeln mäössen sick aal

Tiere sönndaogsmorgens up’n Haowe, üm dei Faohnen tau hissen un ›Tiere van England‹ tau singen. Bi dei Gelägenheit wüdd dann uck dei Arbeitsplaon vanne taukaomen Wäken bekannt gäben. »Eins noch«, sä hei ganz tauläste, »Debatten, so ein Unsinn giff’t nich mehr.«

Wat dei Hünn’ mit Schneiball maokt haarn, wenigstens vörhat haarn tau maoken, dor dann taubi dei Bekanntmachungen van Napoleon, dat kunnen dei Tiere nich aohne wieters verknuusen. Passen dö ehr dat äöwerhaupt nich. Wecke wullen dorgägen protestiern, wüssen so schnell aower nich, wat sei säggen schullen. Sogaor Boxer was untaufräe. Hei lä siene Ohrn an, schüddelde mit’n Koop un versöchde siene Gedanken achter’nänner tau kriegen. Üm füllt dortau aower partout nich wat in.

Veier Schwiene, vörn inne eiersten Riege seeten dei, junge Löperschwiene wassen dat, dei kunnen sick bäter resulfeiern. Dei queeken so schrill un so luut, as sei kunnen, stellen sick up ehre Achterpooten, riskiern et, gägen Napoleon uptauträn. Ein einzig scharp Knurren van dei Hünn’, dei üm ehrn Chef ümtau seeten, reichde allerdings uut, dei Löpers intauschüchtern. Forts sett’den se sick weer hen un schweegen. Dei Schaope bedreeben et dann eiß maol weer, dat äöwernhaupt kiene Diskussion taugangeköm. »Veier Beine sind gaut, twei Beine sind schlecht«, füngen dei an tau blaan. ’n Virrel Stunnen hüllen dei dat dör.

Quiekert kreeg naoher van Napoleon Order, dei ännern Tiere dei frisken Anordnungen tau verklorn. Weil den dat as nich so einfach vörköm, verlä hei sick dorup, Napoleon eierste eiß tau bepraohlen.

»Kameraoden«, sä hei, »ick gaoh dor van uut, dat van

jau hier jederein' dat Opfer, dat Kameraod Napoleon bröcht häff, anerkennen dait. Wat häff dei doch för Arbeit up sick naohmen! Gi mäöt jau dat nich so vörstellen, wenn ein' dei Verantwortung äöwernimmp, dat üm dat Spaoß maoken dait. Wer is dor so stramm as Napoleon van äöwertügt, dat aal Tiere gliek sind? 'n grötteren Gefallen kunnen gi üm nich daun, wenn gi dei Entscheidungen, dei för jau draopen wern mäöt, wenn gi dorför sülben dei Verantwortung äöwernähmen dön'. Ganz sicher möken gi graowe Fählers, un wo güng et us dann? Ick denk dorbi an Schneiball siene verrückte Idee mit dei Windmäöhlen. Ganz väle van jau wassen dorför. Napoleon wüss et bäter. Wo güng us dat nu woll, wenn wi dei Mäöhlen baut haarn?«

Ein' frög do: »Häff Schneiball inne ›Schlacht bi'n Kauhstall‹ nich tapfer kämpft?«

»Tapfer, dat is nich genaug«, güng Quiekert up den los, »Loyalität un Gehorsam sind wichtiger. Un, Kameraoden, wat dei ›Schlacht bi'n Kauhstall‹ angaiht, ick glöwe, so lang dürt dat gaor nich mehr, dann seiht uck gi in, dat dat, wat Schneiball domaols mök, doch daon' äöwerschätzt worn is. Kameraoden, Disziplin! Disziplin, dat is et, wor et vandaoge up ankaomen dait. Ein Träe bitau, un dei Feinde kriegt us ünner. Dat Jones weerkummp, dat will doch kienein' van jau, oder?«

Dit Argument trück noch eiß maol weer am besten. Dat nich ein' dat wull, dat was kiene Fraoge. Wenn dei Debatten sönndaogsmorgens so wat Schlimmet bewirken kunnen, dann möss dat dormit daon wäsen. Boxer, dei sick dat intüssken dör'n Kopp gaohn laoten haar, drückde dat, wat man allgemein so dachde, so uut: »Wenn Genosse

Napoleon dat sägg, is dat richtig. Napoleon häff immer recht.« Dei lästen veier Wör wüdden mit sien ›Ick will harter arbeiten‹ sien tweitet Motto, dat üm taugange hüllt.

Jeden Sönndagmorgen üm taihn Uhr mäössen sick dei Tiere inne grooten Schürn den Plaon för dei taukaomen Wäken anlustern. Intüssken was dei affwitterte Schädel van Old Major näben Faohnenstangen un Gewehr up'n Stubben näögelt worn. Napoleon haar den uutgraoben laoten. Den Eber siene gewaltigen Tuusken, dat leet so, as wenn dei ünner dei Ern noch naowassen wörn. An disse Reliquie mäössen dann aal, wenn se sönndaogs dei Faohnen hisst haarn un dann nao dei Schürn wullen, andächtig vörbitrecken. Wor well inne Schürn sitten dröff off sitten mäöss, dat was ännert worn. Napoleon mit Quiekert un noch ein Schwien tau, Minimus heet dat, seeten vörn up dei Plattform. – Minimus kunn dichten un dei Strophen dann uck tau Lieder vertonen. – Üm dei drei ümtau leegen dei nägen Hünn', Napoleon siene Body Guard. Dor dann achter seeten dei ännern Schwiene. Dei proletarische Rest vanne Tiere dröff an disse Bühne nich mehr so duun heran, dei möss Affstand hoolen. Irgendwor sonst inne Schürn dröff dei sick daollaoten, dei ein' hier, dei ännere dor. In dei grooten, hoogen Schürn kömen väl sick do verlaoten vör.

Drei Wäken was et her, at Schneiball verdräben worn was. An den Sönndag köm Napoleon mit ganz wat Apartes vör'n Dag: »Dei Windmäöhlen wedd baut«, sä hei. Worüm at hei siene Ansicht ännert haar, dor sä hei nicks tau, waohrschaude bloß, wo hart as dann arbeit't wern möss, dat eventuell sogaor dat Fauer verknappt wern kunn.

»Aower dei Pläöne?« frög well. Dei wull säggen, dat dei doch uutwissket worn wassen.

»Och wat!«, schnaude Quiekert. »Fix un farig sind dei, bit inne lästen Einzelheiten. Ein extrao Komitee, veier, fiewe van us Schwiene, häbbt dor dei lästen drei Wäken an arbeit't. Dei Windmäöhlen un einige Reparaturarbeiten up'n Haowe, in twei Johr häbbt wi dat schafft«

Aobends vertellde Quiekert dei ännern Tiere, dat Napoleon tatsächlich seläwe nich gägen dei Windmäöhlen wäsen was. – Hei bärde so, as wenn dat immer noch 'n bäten geheimhoolen wern möss. – Ganz in'n Gägendeil, sä hei, Napoleon was et wäsen, dei van Anfang an dei Mäöhlen baun wullt haar. Hei haar dei Pläöne uck uutarbeit't. Schneiball haar üm dei klaut un dei dann in'n Bruutruum up'n Fautboden äöwerdraogen.

Dei Zäge frög: »Worüm häff hei dat nich forts säggt?«

Quiekert keek üm listig tau, upfällig lang', un sä: »Dat was Napoleons Raffinesse.« Hei haar Schneiball uutmanövrieren wullt, üm den ein för aal Maol lostauwern. Dissen schäbigen Charakter! Dei kunn jetzt naans mehr 'n Knüppel tüsskenschmieten. Mit Taktik haar dat wat tau daun, sä Quiekert noch. »Taktik, Genossen, Taktik«, dat wedderhaolde hei mehrere Maole, sprüng dorbi van ein Bein up't ännere, haude sien Stert so schnell rund as hei man kunn un lachde dorbi as 'n Aohnwäten. Ganz sicher wassen dei Tiere sick nich, wat dat Wort Taktik bedüen dö. Quiekert sprök et aower so uut, dat et irgenwat Wichtigs un Gaues wäsen möss. Dunn knurren dei drei Hünnen, dei mit Quiekert kaomen wassen, as wenn se taupacken wullen. Worüm' einlick? Fraogen wüdden do kiene mehr stellt.

Kapitel VI

Dat ganze Johr inrund arbeiten dei Tiere as Sklaowen. Wenn uck, dei Arbeit mök ehr Spaoß. Off Anstrengung, off Verzicht, sei dön' dat nich unwillig un wüdden nich gneisig. Sei wüssen, wat sei möken, dat was tau ehrn eigen un tau ehr Kinner un Kindskinner ehrn Nutzen, nich för Mensken, disse fuule Bande, dei nicks liggenlaoten kunn, aals klaude.

Bit taun Harvst hendaol wurackden dei Tiere jede Wäken sesstig Stunnen. Anfang August verfügde Napoleon – nich ein' haar dormit räkt –, dat van do aff an sönndaogsnomdaogs uck arbeit't wern möss. Freiwillig schull dat allerdings wäsen. Well sowießen leddiggaohn wull, dei möss dor aower mit räken, dat üm dat halwe Fauer afftrocken wüdd. Trotz aaldem stellde sick nao 'n korte Tied heruut, dat se den Arbeitsplaon nich mehr erfüllen kunnen. Dor köm dann sogaor noch wat taubi: Dei Arn füllt uck nich ganz so gaut uut as vergaohn Johr. Twei groote Schläge, wor Reuben insait wern schullt haarn, wörn liggenbläben, weil sei mit't Pleugen nich vörupkaomen wassen. Dat was all afftaukieken, dei Winter wüdd hart.

Dei Schwierigkeiten haarn uck 'n masse mit dei Windmäöhlen tau daun. Dat löp aal nich so, as sei sick dat dacht haarn. Uppe Farm geev et ja 'ne groote Kuhlen, wor se Kalksandstein in bräken kunnen. Genaug Mürsand un Zement haarn se in ein Weidestall funnen, dei allerdings 'n virrel Stunnen van'n Haowe aff leeg. Dat Baumateriaol för dei Mäöhlen was also dor. Wor dei Tiere längere Tied nich mit wern kunnen, dat was, ünnen in'n Steinbruch dei Stein' so lüttk tau kriegen, dat sei dei up'n Waogen laon kunnen. Aohne Pickhacken un Bräkstangen was dat nich mäögelk. Sück Warktüg kunn aower nich ein' van ehr insetten, weil Kaih un Peer un Schaope un uck Äsels nich up ehre Achterbein' staohn käönt. Wäkenlang häbbt se aals versäöcht, sick aohn' Erfolg quält, bit dei Zäge den Infall haar, dei Schwerkraft tau nutzen. Ünnen in'n Steinbruch leegen för 'n Anfang dicke Stein' genaug herümme. Dei nao baoben, up den Rand van den Steinbruch tau kriegen, dat was do dat Problem. Dat lösde Boxer, hei sä: »Wi schmiet't dor 'n Reip ümtau, un dann mit vereinten Kräften.«

Jeder, dei 'n Tau upnähmen kunn, pück mit an. So schläpden dei Tiere dei enkelten Blöcke dann hoch, baoben so dichte an den Rand vanne Kuhlen, dat dei Block dat Äöwergewicht kreeg un nao ünnen baußelde. Klappen dö dat, dei Kawentsmann füllt in handlicke Stücke uut'nein. Dei Transport was dann verhältnismäßig einfach. Boxer un Luzi pickern dei mit ehrn Waogen nao dei Baustäe hen.

Dei Schaope quälden sick mit lüttkere Brocken bit up'n Rand vanne Kuhlen hoch. Sei wullen ehrn Deil uck daun. Baoben äöwernöhmen Muriel un Benjamin dann dei Stein', laon dei in eine oole Kutsken un trücken dormit los. – In't Kutskenschuur haarn dei beiden för jeden ein Jück funnen. Dormit spannen sei sick sülben vör ehre oolen Kalesche. – Bit nao'n Harvst tau reichde dat dann, wenigstens för'n Anfang, wat se an Stein' nao'n Bau henschaffen kunnen. Mit't Mürn kunn dat also losgaohn.

Un well haar dorbi dei Upsicht? Dei Schwiene.

Genaug Fortgang was inne Arbeit aower nich inne. Mangers dürde dat ’n heilen Dag, ein einzigen Block bit up dei Kante vanne Kuhlen tau schaffen, wenn se sick uck aohnwäten quälen dön’. Un wenn dei dann endlich den Schubs kreeg, nao ünnen pulterde, dann bleev dei faoken uck noch heil. Un aohne Boxer was äöwerhaupt nicks mäögelk. Wenn well den siene Leistung mit dat, wat aal dei ännern tausaomen farig kreegen, vergleek, minner was sien Deil dann nich. Un wenn eiß maol ’n Block in’t Rutsken köm un dei Tiere upschrichden, uut Angst, mit dei schworen Last nao ünnen inne Kuhlen räten tau wern, dann dö Boxer sien Allerüterste un kreeg dat Wark uck weer an’t Staohn’. So ’n Kameraoden kunn’ dei ännern bloß bewunnern: Wo hei sick Zentimeter vör Zentimeter nao baoben drückde, wo hei sick mit dei Spitzen van siene Häuwe anne Grund fastehüllt, un wo dei Schweit an üm daolstreek. Luzi dö üm aff un tau waohrschaun, hei schull sick nich äöwernähmen. Boxer lusterde aower nich up ehr. Dat leet dornao, as wenn hei mit siene beiden Grundsätze, ›Napoleon häff immer recht‹ un ›Ick will harter arbeiten‹, uutköm. Mit den Haohn’, dei üm morgens ’n halwe Stunnen vör dei Ännern wecken dö, vereinbaorde hei sogaor, dat hei nich ’ne halwe, dat hei dreivirrel Stunnen eiher as dei ännern weckt wern wull. Un in siene Freitied, väl was dat ja nich, güng hei aff un tau allein nao’n Steinbruch hen, söchde sick ’n Laodung Brocken tauhoope un korde dei nao dei Windmäöhlen.

Schlecht güng dei Tiere dat do einlick aower nich, trotz aal dei Arbeit. Wenn se nich mehr tau fräten kreegen as domaols van Jones, weniger was dat nu aower uck nich.

Dat se nich mehr fief ingebildete Mensken mit dörfauern bruukden un dat se sick sülben gaut helpen kunnen, nich bloß wat dat Fräten anbelangde, uck sonst, in allen Deieln, dat was doch rein tau väl wert. Wat eiß maol scheifgüng, dat was dor nicks gägen. Dat was uck ja so, väl Arbeiten kunnen sei schneller un akkraoter erledigen as Mensken: In'n Fräuhjohr Runkelreubensaot enkelt uutsain, dat dön' dei Duuben un dei Häuhner, äöwer Sommer Wurreln wein dei Schaope un dei Zäge. Un dat köm dor ja noch taubi, sietdem nich ein Tier noch wat klaun dö, was et uck nich mehr nödig, Weiden intauricken. Dei Euwers bruukden dann uck nich trüggesett't wern. Van'n Acker irgendwat tau schnauken, dat füllt ja kien Kauh un kien Perd mehr in.

Läöter nao'n Harvst tau wüdden einige Dinge doch knapp: Petroleum, Näögel, Schnauer, Hunn'kauken un Peeriesen. Dürde uck nich mehr lang, do fählde ehr Saotgaut un Kunstdünger, uck sonst noch aal möglichen Gerätschaften. Un dei Maschin' för dei Windmäöhlen!? Wo dei baut wern kunnen, dor haar nich ein' Aohnung van.

An'n Sönndagmorgen, aal haarn sick doch weer inne Schürn versammeln mäösst, trück Napoleon dat Problem hoch: Hei haar sick tau 'ne neie Politik entschlaoten, sä hei. Üm gewisse Saoken tau beschaffen, wor et nich aohne güng, bleev ehr änners nicks äöwer, as mit dei Naoberbuurn Hannel tau drieben. Nich üm Geld tau verdein' un dat uptauhöpen, dat ja nich. Vör allen Dingen wägen dei Windmäöhlen leet sick dat nich vermeiden. Hei haar sick dor all üm kümmert, dit Johr 'n poor Fäuher Hai un den Weiten, den se arnt haarn, tau verkoopen. Kunn uck so kaomen, dat sei Eier nao Willingdon bringen mäössen, nao den Markt dor. Dei Häuhner sprök hei deswägen extrao an: »Disse Verzicht fallt jau bestimmt nich schwor, weil gi so ja dei Gelägenheit kriegen daut, för dei Windmäöhlen uck wat tau daun.«

Passen dö dei Tiere dat nich, wat Napoleon van ehr verlangen dö. Wo was dat einlick, haarn se nich sogaor maol einstimmig beschlaoten, sick äöwerhaupt nich mehr mit Mensken intaulaoten, vör allen Dingen, mit dei kien Hannel tau drieben, un Geld schull doch affschafft wäsen? Forts nao dem, at se Jones wegjaogt haarn, was dat doch fasteleggt worn. Dei veier jungen Schwiene, dei domaols protestiert haarn, at Napoleon dei Versammlungen affschaffen dö, rögden sick uck dit Maol, aower dat bloß ganz vörsichtig. Dei Hünn' wiesen ehr dei Tähn un knurren, as wenn se dei Schwiene den Hals üm'draihn wullen. So still as et do för'n Moment was, so luut füngen dei Schaope do an tau blaan: »Veier Beine sind gaut, twei Beine sind schlecht!" Taihnmaol mindestens. At Napoleon sien rechte Vörderpötken hochnöhm, hörn dei dor dann endlich mit up. Üm störde do nümms mehr, hei kunn wieterräden.

Dat irgendein van ehr mit Mensken in Kontakt kaomen dö, dor bruukden sei sick äöwerhaupt kien Sorgen üm tau maoken. Wenn dat passeiern dö, dat wör ja schlimm. Un übrigens, hei äöwernöhm dei ganze Verantwortung. Ein Affkaot uut Willingdon, ein Mr Whymper, dei schull dei Mittelsmann wäsen tüssken binnen un buuten, tüssken dei ›Animal Farm‹ un dei Welt. So haar hei sick mit den einigt: Jeden Maondagmorgen köm dei her, dann wüdd beschnackt, wat hei as Kommissionär in dei taukaomen Wäken maoken möss. »Lang schall dei ›Animal Farm‹

läben!«, röp hei dann noch, un ein' stimmde ›Tiere van England‹ an.

Naoher dreev Quiekert sick up'n Hoff herüm, hei wull dei Tiere Gelägenheit gäben, üm antauspräken. Hei wull se beruhigen. At hei wat taugange kreeg, dunn wüß hei, wat hei säggen wull: Eine Resolution gägen Hannel un gägen Geld was seläwe nich beschlaoten worn, was nich eiß vörschlaon wäsen. Wo sei sick so wat in'n Kopp setten kunnen. Waohrschienlich was dat dör Schneiball siene Leigereien entstaohn. Benjamin, dei Äsel, un Muriel, dei Zäge, geeben deswägen ehre Inwennigen aower noch nich up. Quiekert frög do listig: »Häbbt gi dat villicht uck drömt? Häbbt gi irgenwat schriftlich? Resolutionen werd doch schriftlich fastehoolen, off nich?« Weil se nicks haarn, dön' dei beiden do so, as wenn se taufräe wörn, sick verseihn haarn.

Maondaogs köm Mr Whymper, so as dat vereinbaort was. Hei was man 'n lüttken Kerl, keek wat hinterlistig uut un drög 'n Bort, an beiden Sieten so anne Backen herdaol. As Anwalt haar hei recht nicht wat tau daun, weswägen Lüe van üm dör'n Dag uck as Lünksanwalt schnacken dön'. Dei Mann was aower gerissen genaug, eiher at siene Konkurrenz tau begriepen, dat dei ›Animal Farm‹ aohne Kommissionär nich uutkaomen kunn un dat dei Provisionen, dei dorbi affsprüngen, dei Maihte wert wassen. Dei Tiere güngen üm, wenn et ehr mäögelk was, uut'n Wäge, weil sei 'n bäten Angst vör so ein' haarn. Ännersiets sehgen sei dat rein tau gern, wenn Napoloen, dei stünnd up veier Bein', den Affkaot Whymper, dei up twei, kummdeiern kunn. Soväl Haoge haarn se doran, dat se sick an dat Neie, wat Napoleon inführn dö, recht nich mehr argen. Wat se van dei Menschheit allgemein hüllen, dat ännerde sick dordör allerdings doch ’n bittken. Dei Tiere wüssen, dat sick dei Naoberbuurn un Lüe, dei dor noch so ümtau waohnen, äöwer dei ›Animal Farm‹ van Johr tau Johr däöner uprägen dön’. Dat dor wat klappen dö, dat wullen dei nich. För ganz väl van dei was dat so’n Aort Glaubensartikel, dat dei Farm wanneier pleitegaohn möss. Un mit dei Windmäöhlen, dat güng sicher scheif. Wenn dei Buurn sick in dei Kneipen dröpen, dann güng et ehr immer weer dorüm, sick gägensietig tau bewiesen, dat dat Veih, so as dat taugange was, dei Windmäöhlen nich an’t Staohn’ kriegen kunn. Eines gauen Daogs füllt dei in sick tausaomen, dat was so sicher as wat. Un wenn dat doch eiß änners kaomen schull, well för den Fall mennde, sei köm dann uck an’t Mählen, dei was ja woll nich ganz bi Trost. Dör disse Waowerei verännern sick dei Naobers, wat ehre Instellung tau dei ›Animal Farm‹ angüng, mit dei Tied dann aower uck sülben. För ehr köm dorbi heruut, dat se sick wunnern, aower stillken, wo gaut as dat Veih uppe ›Animal Farm‹ taurechte köm. Taugäben dön’ se dat jo nich. Bekannt wern dö dat aower ja doch: Sei schnackden immer weniger van dei ›Manor Farm‹, sän sülben uck ›Animal Farm‹. Sei geeben et uck up, Jones helpen tau willen. Dei was irgendwor hen wegtrocken, räkde dor sülben woll nich mehr mit, dat hei siene Farm doch noch eiß weerkriegen dö.

För dei Tiere was Whymper dei einzige Verbindung nao buuten – för dei meisten. Sücke as Benjamin hüllen ehrn Twiewel dörgägen dör. Dei Äsel traude Napoleon nich. Dat Gerücht, hei was mit Mr Pilkington van’n Fossbusk oder mit Friederich, den Knickerpüt, an’t verhanneln, köm ja nich tau Ruhe. Mit ein' van dei beiden schull hei sick all minner off mehr einig wäsen.

Unverhofft för dei ännern Tiere trück Napoleon dunn mit sien ›Führungsstab‹ un mit siene nägen Hünn' in't Waohnhuus üm'. Forts güng do dat oole Spill weer los, wecke mennen, dat ein' van dei ›Säben Gebote‹ dat nich taulaoten dö.

Quiekert schaffde dat dann aower weer, aal van't Gägendeil tau äöwertügen. »Un ampart uck«, sä hei, »wi Schwiene, wi häbbt den meisten Grips in'n Koppe. Us is et taufallen, uuse Farm tau verwalten. Haarn wi us vör disse würklick nich angenähme Pflicht drücken schullt? Napoleon, uuse Führer, un uck dei, dei üm helpen käönt, dei mäöt mit'n Kopp arbeiten, dei bruukt Ruhe. Un, dat passt doch uck nich tau dat Anseihn van Napoleon, in eine dreckigen Bucht tau liggen. Wenn et tau maoken is, dann mott so ein' in'n Waohnhuuse läben.«

Bi dei Gelägenheit köm aower noch mehr vör dei Bännen: Dei Schwiene güngen tau dei Maoltieden inne Käöken, ruhen sick in'n Daogsstaomd uut un schlöpen inne Bedden. Boxer schöv dat mit sien ›Napoleon häff immer recht‹ van sick weg. Aower Luzi, sei mennde, sick doch sicher erinnern tau käönen, dat inne ›Säben Gebote‹ wat gägen Bedden för Tiere stünnd. Sei güng deswägen nao dei Schürn räöwer, stellde sick vör'n Gäbel un versöchde, dei ›Säben Gebote‹ tau läsen, kunn dat aower nich. Sei kreeg bloß enkelde Baukstaoben tau packen. Muriel möss ehr helpen.

»Muriel», sä sei , »läse mi doch dat ›Veierte Gebot‹ eiß vör. Staiht dor nich, dat Tiere seläwe nich in'n Bedde schlaopen dräöft?«

Muriel söchde sick eiherste dei enkelten Baukstaoben tausaomen. Dann lees sei Luzi dat ›Veierte Gebot‹ vör:

»SELÄWE NICH SCHLÖPP EIN TIER IN'N BEDDE MIT 'N BEDDLAOKEN.«

Luzi schüddkoppde: »Dat ick dat Beddlaoken vergäten häbbe? Is komisch. Staiht dor doch groot vör'n Gäbel.«

So as wenn et 'n Taufall was, köm Quiekert bi dei beiden vörbi. Drei van dei scharpen Hünnen haar hei bi sick. Aohne wieters schneet hei Luzi un Muriel dat Wort aff: »Dat häbbt gi also uck hört, dat wi Schwiene jetzt in'n Waohnhuuse aobends inne Bedden kreipen daut. Worüm einlick nich? Häbbt gi tatsächlich mennt, dat geev 'n Gebot gägen Bedden? Wat is 'n Bedde? 'n Stäe wor man schlaopen kann. Mehr doch nich. Wat rägelt worn is, dat betreckt sick up dei Beddlaoken. Up den Infall mit dat Laoken sind dei Mensken kaomen. Wi häbbt dei forts vanne Bedden afftrocken. Wi ligget weik un warm in Wulldäkens. Äöwerdräben is dei Komfort aower nich. Kameraoden, glövt mi dat, wat wi vandaoge aal in'n Kopp häbben mäöt. Dat wi uusen Schlaop kriegt, dat is ganz, ganz wichtig. Dor gaiht et nich aohne. Kameraoden, gi willt doch nich, dat wi us nich uutschlaopen käönt, morgens so verschlaopen taugange kaomt, dat wi uuse Arbeit nich farig kriegt, doch dat nich. Dat Jones weer uptauchen dait, dat will ja woll nümms van jau?«

Muriel un Luzi nickkoppden. Up'n Haowe wüdd dorvan, dat dei Schwiene inne Bedden herümleegen, do nich mehr schnackt. Poor Daoge läöter leeten dei Tiere sick dat sogaor bein, dat dei Schwiene morgens 'n Stunn' länger liggen blieben dröffden.

Van dei harten Arbeit äöwer't ganze Johr wassen aal,

Kaih un Peer un uck dat lüttke Volk, läöter in'n Harvst dann doch meue, ännersiets aower weer gaut taufräe. Wat leeg dat doran, dat dei Windmäöhlen jeden Dag 'n Stücksken wieterköm. Dor frain sei sick so daon äöwer, dat sei nich eiß anfüngen tau gneisen, at dat Fauer noch maol weer 'n bäten knapper taudeielt wüdd. Wat van't Winterfauer was verköfft worn, vergäten was ehr dat ja nich.

Bit in'n Dezember herin was et taun Glück aopen Weer, verhältnismäßig warm un uck dröge. Dei Tiere hüllen et för richtig un wichtig noch maol önlick rantauhaun, vör allen Dingen Stein' tau besorgen. Wenigstens ein gaun Faut extrao, as sei plaont hat haarn, schull dei Rump vanne Mäöhlen vör'n Winter noch höger trocken wern. Boxer stünnd nachts sogaor up un güng nao 'n Steinbruch, üm in'n Maondschien ein, twei Stunnen tau arbeiten. Dei meisten Tiere löpen in ehre kotten Freitied üm den halvfarigen Mäöhlenrump ümtau. Ehr haogde dat, dat ehr ein so gewaltig Wark glückt was: Wo stabil as dei Mäöhlen was! Wo akkraot dei Rump mürt worn was! Benjamin leet sick nich in disse Begeisterung herintrecken. Wat hei dor eiß gelägentlich tau sä, dat wörn drei Wör: »Äsels lävt lang.«

Ende Dezember wüdd dat Weer dann aower doch rau un klaierig. Wietermürn kunnen se nich. Ehre Mürkers, ehre Kameraoden, dei vör dei Wand stünnen, sän: »So käönt wi nich wieterarbeiten. Dei Steine sind natt, häbbt soväl Waoter trocken, dat dei Speiß nich antreckt. Wat wi uppe Mürn packt, dat fang an tau schwemmen. In't Mürwark kummp kien Hoolfaste mehr rin.«

Achter dat quackelige Weer köm Ooljohrsaobend

stiewen Wind achteran, dei van Dunkelwern an van Stunnen tau Stunnen fosser wüdd, sick nachts nich bloß taun Sturm, taun Orkan steigerde. Dat Aohnweer reet groote Löcker in't Strohdack vanne Schürn, fägde 'n Stück off hunnert Pannen van't Waohnhuus herünner in'n Hoff herin un reet 'n dicken Eiken, dei gägen den Appelgorn stünnd, uut dei Grund, as wenn et 'n Reuben wäsen was. Van den Spektaokel wüdden dei Häuhner wach, röpen verängtigt un fluttern in'n Düstern gägen ehre Nester un Fauerträöge.

At dei Tiere morgens taugangekömen, was dei Faohnenmast uck noch üm'knickt. Do mit maol ein »Nä!« van aal tauglieke, un dat so luut, dat dei Naoberbuurn dat hörn kunnen: Dei Windmäöhlen leeg anne Grund, was üm'waiht. Aals rennde nao den Boll inne ›Langen Weide‹. Napoleon vörup. Wo dei loopen kunn, dor wunnern sick dei ännern äöwer. Wann haar den taun lästen Maol ein' loopen seihn? Tja, dor leeg se, dei Mäöhlen. Dei Wind haar se üm'schmäten. Dat einzige, wat noch Bestand haar, dat wassen dei Grundmürn. Dei Stein', wor sei 'ne unendliche Maihte mit hat haarn, nu was et 'n Schutthoopen. Van dei wat dickeren haar sick 'ne ganze Riege sogaor äöwer dei Weide verdeielt. Dei wörn dör den Sturz van baoben un den Boll herünner in't Kullern kaomen. Aal Tiere stünnen herüm', sän nicks. Wat äöwer Nacht passeiert was, dat wull in ehrn Kopp nich herin.

Napoleon löp up un aff, schnüffelde hier un dor uppe Grund herümme, stellde sien Stert piel achteruut un haude den all Oogenblick as 'n Propeller rund. Dat was 'n sicher Teiken, dat hei scharp naodenken dö. Mit maol bleev hei staohn, riskede sick, rögde kien Ohr an'n Koppe, as wenn hei sick verschrocken haar oder up wat lusterde. As ’n Denkmaol, so stünnd hei dor.

»Kameraoden«, ganz bedächtig un ruhig sä hei dat, »Kameraoden, wät’t gi, well för disse Katastrophe verantwortlich is? Kennt gi den Feind, dei van Nacht uuse Windmäöhlen üm’schmäten häff? Well woll?« As wenn dei Blitz inschlög, so luut geev hei sick dann sülben dei Antwort: »Schneiball! Dat is Schneiball wäsen! Uut schier Schlechtigkeit häff hei dat daon! Schlick sick hier nachts herin, üm us dei Windmäöhlen, uuse Arbeit van ein ganzet Johr, kaputt tau maoken. Dei Verräter wull sick rächen, un so wull hei. Dat krigg hei weer! Deswägen! Ick verkünnde hiermit jetzt un upstäe mien Urdeil: Schneiball is taun Doe verurdeilt. Dei van jau, dei dit gerechte Urdeil an üm vollstrecken dait, üm schnappen dait, dei krigg den Orden ›Held vanne Tiere, Tweite Klasse‹ un ’n halben Schäpel Appeln. Well üm lebennig tau packen krigg, dei krigg ’n ganzen Schäpel Appeln.«

Dat Schneiball so wat maoken kunn, dat dürde wat, bit dei Tiere sick doräöwer beruhigden. »So wat!«, gnorn se. Un aal füngen se an tau spekuliern, wo se üm kriegen kunnen, wenn hei doch eiß weerkaomen schull. Do fünnd sick uck all wat, wat ehr villicht wieterhelpen kunn: Späuerten van’n Schwien, nich wiet van den Boll wäge. Dat Spauer wohrn kunnen se allerdings bloß ’n poor Träe hendaol. Dat leet dornao, as wenn dat nao’n Lock in’n Hägen naotaugüng. Napoleon beschnüffelde ganz bedächtig jeden enkelten Tratt.

At hei sien Kopp hochnöhm, sä hei. »Dat was Schneiball. Wohrschienlich is hei uut dei Richtung vanne Fossbusk Farm kaomen. Kameraoden, wi dräöft nu kiene

Tied mehr verdrömeln! Wi fangt upstäe an, dei Windmäöhlen weer uptaubaun. ’n gewaltigen Hoopen Arbeit ligg also vör us. Hoolt dör, den ganzen Winter, off et rägen dait, schneit oder dei Sünnen schinnt! Dat willt wi den verdammten Verräter doch wiesen, dat et so licht nich is, us uptauhoolen. Kameraoden, denkt doran, uuse Pläöne werd nich ännert. Bit up den Dag genau, den wi fasteleggt häbbt, wedd dei Windmäöhlen farig. Nu ran anne Arbeit, Kameraoden! Uuse Windmäöhlen, sei schall läben! Uuse ›Animal Farm‹, sei schall läben!«

»Hoch! Hoch!«, antwortden dei Tiere.

Kapitel VII

Dei Winter wüdd dann doch noch koolt, bitterkoolt. At dei Wind sick man leggt haar, feuhelde dei Frost sick boll' vör twei Wäken so unangenähm aower gaor nich an. Dat ännerde sick leider dann noch maol weer taun Leipen: Oostwind köm up. Dei schöv Schnei vör sick an un drückde dei Külle inne Hüser: Uppe ›Animal Farm‹ was morgens inne Waschkäöken un in aal Ställe up jeden Emmer mit Waoter dick Ies uppe. Bi aal Malheur, so ein Winter dann uck noch bit laote in'n März herin. Dat dei Tiere bi so'n Weer den Rump vanne Windmäöhlen neit upsetten mäössen, dat was doch hart för dei, bolle tau hart. Aower aal dön' ehr Üterste. Sei wüssen ja, wo dei Buurn ümtau dor up achten dön', off sei dor rechttiedig mit farig wüdden.

»So sind doch dei Mensken, nicks günnt se us un frait sick äöwer jeden Missschlag, dei us dröpp.« Dei dat uutsprök, dat was Quiekert. Hei reegde sick besünners doräöwer up, dat dei Naobers nich glöben wullen, dat Schneiball dei Mäöhlen üm'schmäten haar. Dei was in sick tausaomenschaoten, vertellen se, weil dei Mürns tau dünn' wäsen wassen.

As Antwort dorup wüdd beschlaoten, dit Maol dat Mürwark nich achttaihn Toll, väl stabiler, drei Faut dick hochtautrecken. Dat bedüde aower ja, dat noch manchet Fäuher Stein' ranschafft wern möss. In'n Moment güng dat nich, weil dei Steinbruch vull van Schnei seet. Dei ewige Wind uut'n Oosten haar dei Kuhlen vulldwiert. Wat mehr Fortgang köm inne Arbeit, at et 'n poor Wäken drögen Frost geev. Harte Arbeit was et aower ja doch, dei ieskoolen, schworn Stein' taun Mürn uptausetten, uck deswägen, weil dei Tiere vanne Schwiene nich bloß aff un tau, fäökerner all morgens halvsatt för'n Bau indeielt wüdden. Boxer un Luzi, dei beiden leeten den Maut aower nich sacken. Un Quiekert hüllt Räden, wull upmuntern, räsonierde äöwer dei Würde van Handarbeit un dorvan, wo schön as et was, sick för ännerswecke intausetten. Wat hei dormit erreichen wull, dat glückde üm aower man halv. Dat dei Tiere nich ganz den Maut verlösen, dat leeg mehr an Boxer siene Kraft un sien Vörsatz ›Ick will harter arbeiten!‹

Ende Januar wüdd dei Tiere all weer Fauer afftrocken. Wat et an Haowern un Weiten noch geev, dat was bloß noch 'n Schäte. Dorför schull et 'ne extrao Portion Tüwwelken gäben. Dunn stellde sick heruut, dat dei reiste Deil vanne Tüwwelken inne Kuhlen verfrorn was. Dei meisten wassen tau Schnött verraot't, un dei Rest was mehr oder weniger glaosig. Sei haarn dei Kuhlen nich önlick taudeckt krägen. Dei se noch fräten kunnen, dat wassen nich mehr väl. Daogelang geev et do änners nicks as Hackels un Reuben. Uppe ›Animal Farm‹ keek dei Dood tatsächlick dör aal Ritzen.

Wenn dat inne Naoberskupp bekannt wüdd, angaohn kunn dat nich. Wägen dei Windmäöhlen schnackden dei Mensken ampart all so leip äöwer dei ›Animal Farm‹. Dor lögen dei dann uck noch wat taubi: Van dat Veih güng jeden Dag wat doot, dei Kaih leeten ehre Kalver, dei Muttens ehre Farken un dei Schaope ehre Lämmer verkaomen, dat Veih freet sick sogaor gägensietig up.

Napoleon haar begräpen, wo geföhrlick as dat för dei ›Animal Farm‹ was. Üm bleev änners nicks äöwer, as sick mit Mr Whymper in Verbinnung tau setten.

Bit dotau haarn dei Tiere mit den Komissionär un Lünksanwalt, wenn hei maondagsmorgens köm, recht kien Kontakt krägen. Dat wüdd ännert. ’n Stück off taihn van ehr wüdden uutsäöcht, dei meisten wassen Schaope, dei schullen, wenn Whymper up’n Haowe was, näbenbi fallen laoten, dat et uppe ›Animal Farm‹ genaug Fauer gäben dö. Napoleon ordnede uck noch an, dei Bottiche, wor einlick Körn in upbewohrt wüdden, wor aower bloß noch Fägels in’n was, mit Sand uptaufüllen. Den Sand mäössen dei Tiere mit dat, wat an Körn un Mähl noch tausaomenfittket wern kunn, taudecken. Whymper schull ünner’n Vörwand dör’t Laoger führt wern. In’n Vörbigaohn schull hei ’n Blick up dei vullen Bottiche schmieten. Dei gerissene Kerl füllt dor tatsächlich up herin un vertellde in’n Dörpe un bi dei Buurn uck prompt, dat dat Veih uppe ›Animal Farm‹ nich mehr wat tau fräten haar, dat was ja woll ’n blödsinnig Gerücht. Hei haar dei Verhältnisse dor in Oogenschien naohmen.

Midde Februar was et dann so wiet, irgendworher mäössen Körn un Hai besorgt wern. Napoleon leet sick do recht nich seihn. Den ganzen Dag bleev hei in’n Waohnhuuse. Siene Hünn’ leegen vörn un uck achtern Huuse vör dei Dörn. Dat köm sogaor vör, dat hei sick sönndaogsmorgens nich eiß up ’n Haowe blicken leet. Quiekert möss dann dorför sorgen, dat dei Faohn’ hisst un ›Tiere van England‹ sungen wüdd. Hei möss dann uck vörläsen, wat äöwere Wäken maokt wern schull. Wenn Napoleon doch eiß maol nao buuten köm, dann eskortiert van siene Body Guards. Dichte hüllen dei sick bi üm un knurren jeden an, dei ehrn Herrn uck man bloß tau kieken dö.

An'n tweiten Sönndag in'n März geev Quiekert bekannt, dat dei Häuhner ehre Eier affläwern mäössen. Napoleon haar Whymper 'n Vertrag ünnerschräben, äöwer veierhunnert Eier jede Wäken. Hei sä, dat Geld, dat Eiergeld, reichde uut för Körn un Mähl bit Midde April. Dann was all dat eierste Gräss inne Weide. Kaih un Peer, Schaope, dei Äsel un uck dei Zäge kunnen dann nao buuten uppe Weide. At dei Häuhner dat hörn, dat se ehre Eier affläwern mäössen un dat dat Eiergeld för dei Grooten, för Kaih un Peer uutgäben wern schull, protestiern dei, röpen luut un aal tauglieke: »Jüst häbbt wi 'n Sittels Eier bi'nnänner, dat wi uutbreun willt. Nu us dei Eier wegtaunähmen, dat is Mord.«

So driester as dei Häuhner wörn, dat haar ja wat mit Rebellion tau daun, taun eiersten Maol, sietdem Jones wegjaogt worn was. Anführt van drei junge Schwatte–Minorca-Hennen, versöchden dei Häuhner doch tatsächlich, sick gägen Napoleon siene Interessen dörtausetten. Sei flögen inne Schürn up'n Haohnenwiemen un leeten ehre Eier van ganz baoben uppe Stein' klitzen. Do erläben dei Tiere, wo gemein as Napoleon wäsen kunn: Aal Häuhner kreegen nicks mehr tau fräten. Androht wüdd, weer dei ein einzig Körn tauschmeet, dei wüdd taun Doe verurdeilt. Dei Hünn' haarn dat dörtausetten. Fief Daoge hüllen dei Häuhner dat up'n Haohnenwiem' uut. Dunn geeben se nao und län weer in ehre Nester. Intüssken wassen nägen Häuhner verhungert. Inkuhlt haarn se dei in'n Appelgorn. Dei Schwiene sän, dei wassen an Kokzidiose verreckt. Whymper was dorvan nicks tau Ohrn kaomen. Veierhunnert Eier wüdden, so as vereinbaort, van ein Koloniaolwaorenhändler affhaolt. Jeden Middewäken köm dei mit sien lüttken Waogen up'n Hoff.

At Napoleon do eiß maol weer mit Whymper so ganz allgemein äöwer dei Finanzen schnacken dö, geev dei üm den Raot, dat Bauholt, wat van Jones her immer noch up'n Haowe liggen dö, tau Geld tau maoken. Dat Beukenholt was doch jüst passend afflaogert. Wenn dat noch länger liggen dö, dann güng et höchstens uut'n Wert. För Napoleon köm dat bäter uut, as Whymper sick denken kunnt haar. Hei bruukde nämlich nödig frisket Geld un haar mehr oder weniger unbedacht inne lästen Tied 'n bittken bäter Verhältnis tau siene beiden Naoberbuurn funnen. Glück köm dor för Napopleon dann uck noch taubi: Beide, Mr Pilkington un Mr Friederich, wassen scharp up dat Holt. Pilkington off Friederich? Napoleon kunn sick nich resulfeiern. Komisch was, wenn hei sick mit Mr Friederich einig tau wern scheen, dann köm jedsmaol dat Gerücht up: »Schneiball sitt uppe Fossbuskbuurei.« Wenn hei un Mr Pilkington sick äöwer den Pries einig wassen, bloß noch den Transport rägeln mäössen, dann schull Schneiball up Pinschfeld huusen. Van den haar man lange Tied sonst nicks mehr hört off seihn.

Richtig Schwung köm in dei Schnackerei, at eine Kauh morgens vertellde: »Van Nacht is Schneiball bi us up'n Haowe wäsen. Ick häbb üm lopen seihn, dwesk äöwer'n Hoff.« Dat wüdd dann so faoken wietervertellt, bit aal dat glöben. Dei Tiere wüdden dor so unruhig van, dat se nachts recht kien Schlaop mehr kreegen. Wenn et man düster genaug was, köm dei Undäögt jede Nacht: Klaude Körn, stött'de dei Melkkannens üm', schmeet Eier kaputt un gnawwelde den Bass vanne Appelböm. Wat uppe Farm uck scheifgaohnen dö, Schneiball schull dat wäsen häbben. Wenn eine Schieben stücken was oder inne Waschkäöken dei Gäöten dichte seet, immer fünnd sick well, dei sä: »Schneiball is all weer bi us wäsen.« Uck at dei Schläödel van dei Fauerkammer nich tau finnen was, wassen sick aal sicher, dat Schneiball den in'n Soot schmäten haar. Dei Tiere bleeben sogaor uck do noch bi disse Meenung, at sei den Schläödel all ünner'n Sack Gessenmähl weerfunnen haarn. Sogaor dei Kaih wassen sick dorin einig, dat Schneiball nachts in dei Kauhställe köm. Wenn se schlöpen, dö hei dei Kaih melken.

Napoleon scheen dat wieters nich tau interessiern, mitkriegen dö hei aower aals. So lang as hei nich wüss, wo hei den ›Fall Schneiball‹ för sick nutzen kunn, wull hei jeden Influss dorup uut 'n Wäge gaohn. Vör dei Tiere dann ganz unverhofft, geev hei do mit maol bekannt, dat hei dei Leipcheiten van Schneiball bit in aal Einzelheiten ünnerseuken wull. Sofort trück hei do uck mit siene Hünn' los, üm up'n Haowe, inne Schürn, inne Ställe un in'n Gorn aals genau tau bekieken un tau beschnüffeln. Wann is Schneiball wor wäsen? Dat was siene Fraoge. Hei wull den Verbrecher up't Spauer kaomen. Sien gaue Näsen kunn dorbi Besünners leisten, dorin was hei sick sicher. »Tüssken aal dei Schwienspäuerten, dei et hier ümtau giff, kann ick Schneiball sien Räöke tüsskenuut finnen«, sä hei tau dei ännern, dei neiwinng ümtaulöpen. Vanne Kauhställe nao dei Schwienställe räöwer wüdd hei langsaomer, hüllt sien Näsen stramm anne Grund un schnüffkede vör fautens hen un her. Mit maol nöhm hei sien Kopp hoch un braoskede so luut as hei kunn:

»Hier is Schneiball wäsen! Van Nacht noch, so frisk is dit Spauer.«

Dei Hünn' knurren un wiesen ehre Tähnen. Dei ännern Tiere duukden sick, so verschrücken se sick.

»Schneiball kann doch woll sachde nich uck noch hexen. Wat den aal noch woll infallt?«, frög ein Hauhn.

Quiekert röp do för'n Aobend 'ne Versammlung nao dei Schürn in. At dor aal ehrn Platz funnen haarn, nöhm hei dat Wort. Hei was besorgt, dat kunn man seihn.

»Kameraoden, ick mott wat sehr Ernstet bekanntgäben«, so füng hei an. »Wi häbbt wat entdeckt, wat verdammt unangenähm is. Schneiball häff sick an uusen Naober Friederich verköfft, un dei, dei Knickerpüt van Buur, will us angriepen, üm us dei ›Animal Farm‹ wegtaunähmen. Schneiball schall den Angriff anführn. Un noch wat Leiperes: Wi sind dor ja bit nutau aal van uutgaohnen, dat Schneiball van Eitelkeit un Ehrgeiz dräben wüdd. Verkehrt, Kameraoden! Schneiball was van Anfang an Jones sien Geheimagent. Dat is mit Dokumente, dei hei liggenlaoten häff, tau beleggen. Nu jüst häbbt wi dei funnen. Dei erklärt aals. Häbbt wi domaols nich mit eigen Oogen seihn, dat hei versäöcht häff, us inne ›Schlacht bi'n Kauhstall‹ herintauleggen, Jones siegen tau helpen? Ünnergaohn schullen wi!«

Dat was ja wat, Schneiball haar dei Windmäöhlen kaputtmaokt, nu dat uck noch. Dat was ja noch 'ne väl gröttere Gemeinheit. 'n Oogenblick dürde dat, bit dei Tiere dat vör'nänner haarn. Dunn erinnern sick 'n poor aower doch wat genauer an dei ›Schlacht bi'n Kauhstall‹. Sei haarn et doch mit eigen Oogen seihn, wo Schneiball rangaohn was, dat jüst hei dei Truppe tauhoopehoolen haar, un dat hei nich eiß för'n Moment trüggegaohn was, uck nich at Jones sien Schrottschuss üm streift haar. Dat was doch schwor intauseihn, dat hei up Jones' Siete staohn häbben schull. Sogaor Boxer, dei ja ganz selten Inwennigen mök, wat naofrög oder so wat, den passde dat nich. Hei lä sick hen, trück siene veier Bein' ünner sick, mök siene Oogen tau un sett'de 'n Gesicht up, as wenn hei versöchde, för siene Gedanken dei richtigen Wör tau finnen.

»Ick glöv dat nich«, sä hei dann doch. »Schneiball häff inne ›Schlacht bi'n Kauhstall‹ tapfer kämpft. Direkt vör mi stünnd hei. Häbbt wi üm nich forts naoher den Orden ›Held vanne Tiere, Erster Klasse‹ ümhangen?«

Quiekert sä dor wat up, sprök dormit aower dei ännern an: »Kameraoden, dat was uuse Fähler, uuse groote Fähler. Nu wät't wi et doch sicher, dat hei us in uusen Ünnergang luurn wull. Genauso staiht dat inne Geheimdokumente, dei wi funnen häbbt.«

Boxer mennde aower: »Schneiball was doch verwundet. Ick häbb sülm seihn, wo üm dat Blaut den Puckel herdaolstreek.«

»Uck dat was arrangiert«, schriggde Quiekert. »Jones schull un wull 'n Streifschuss up üm affgäben. Schneiball sülben häff dat doch so upschräben. So kanns du dat naoläsen – wenn du läsen kanns. Dei Plaon was so, Schneiball schull us in den Moment, wenn et för us brenzlich wüdd, dat Teiken tau de Flucht gäben. Wi schullen Hoff un Huus, Wissken un Weiden, aals schullen wi Jones weer äöwerlaoten. Un, dor bin ick mi ganz sicher in, dat haar klappt, wenn uuse heldenhafte Führer, Kameraod Napoleon, nich wäsen was. Wät't gi dat nich mehr, dat Schneiball jüst in den Oogenblick, at Jones un siene Lüe dat schafft haarn, in'n Hoff herintaukaomen, sick rundschmeet un affhaude? Wät't gi dat tatsächlich nich, dat jüst in dei Situation, at up uuse Siete dei Front wackeln dö, aals verlorn scheen, Kameraod Napoleon mit dei Parole ›Schlaot dei Mensken doot!‹ nao vörne sprüng un Jones in't Bein beet? Kameraoden, doran mäöt gi jau doch erinnern.« Hei hüppkede dorbi herüm', as wenn hei mennde, dat Spill all wunnen tau häbben. Villicht bärde hei aower uck bloß so.

Dei Tiere, jedenfalls dei meisten, glöben do, dat sei sick doch an wat erinnern dön'. Quiekert haar dat aal so genau beschräben, un dann wassen dor uck ja dei Dokumente. Ein' sä sogaor, hei wüss dat noch ganz genau: Schneiball is affhaut, jüst in den Oogenblick at wi us nich mehr sicher wassen, off wi 't winnen kunnen.

Boxer was dor aower noch nich mit taufräe. Ganz schlank sä hei: »Ick glöwe dat nich, dat Schneiball van Anfang an 'n Verräter wäsen is, dat hei immer aals verraon häff. Nä! So nich! Ick glöwe dat nich! Wat hei in Tüsskentied aal maokt häff, dat is wat änners. Ick meen immer noch, inne ›Schlacht bi'n Kauhstall‹ was hei 'n gaun Kameraod.«

Quiekert wüdd mit maol ganz förmlich, haar woll Angst, Autorität intaubüßen. Liese aower bestimmt sä hei: »Uuse Führer, Kameraod Napoleon, häff kategorisch fastestellt – kategorisch, Kameraod –, dat Schneiball van'n allereiersten Anfang an ein Agent van Jones wäsen is. All

Johrn vörher, at äöwer Revolution noch gaor nich naodacht wüdd.«

Boxer mök do 'n Gesicht, as wenn hei wat begräpen haar un sä: »So is dat also. Wenn Kameraod Napoleon dat säggt häff, dann stimmt dat.«

»Boxer, diene Gesinnung is dei einzig richtige Instellung tau uusen Führer Napoleon«, köm Quiekert üm do entgägen. Wo hei mit sien lüttken Schwiensoogen nao üm räöwerkeek, dat was aower nich geheuer. So in'n Weggaohn sä hei dann noch tau aal: »Noch eins, hoolt jau Oogen aopen! Passt up! Wi gaoht dor van uut, dat ein' off änner van Schneiball siene Geheimagenten ünner us sitten dait. Hier ünner us! Dor häbbt wi Grund tau. Passt up, sägge ick!«

'n poor Daoge läöter geev Napoleon Order, aal Tiere schullen sick in'n Haowe versammeln. At dei dor dann herüm'stünnen, all 'n Tiedlang teuvt haarn, treet hei uck uut't Huus heruut. Siene beiden Orden, dei hei sick ja sülben tauspraoken haar, haar hei sick üm'hangen. Dei nägen grooten Hünn', siene Body Guards, kömen mit, sprüngen üm ehrn Herrn ümtau un knurren so scharp, dat et aal Tiere gries äöwer'n Puckel löp. »Wat kummp dor nu woll?«, mümmelde Benjamin vör sick hen.

Napoleon keek dei Versammelten streng an. Hei bärde so, as wenn hei jeden Enkelten inne Oogen kieken wull. Kunns 'n Strohspier fallen hörn, so still was dat. Benjamin dachde, oder flüsterde hei dat sogaor? »Wat is dor einlick los?« Do mit maol queek Napoleon up sien Luutste. Un dei Hünn' verstünnen üm. Sei stöben up veier Schwiene herup, greepen dei bi dei Ohrn un schläpden se Napoleon stramm vör siene Pooten. Dei armen Kreaturen brüllen, as wenn et üm ehr Läben güng. Forts streek ehr dat Blaut bi'n Koppe daol. – Dat wassen deiselben Löperschwiene, dei protestiert haarn, at Napoleon dei Sönndaogsversammlungen affschafft haar.

Dei Hünn' benöhmen sick, as wenn se aohnwäten wern wullen, dei haarn Blaut schmeckt. Drei sprüngen in ehre Gier up Boxer tau. Dei sehg dat kaomen, nöhm sien gewaltigen Hauf hoch un schnappde sick ein' van dei un drückde den anne Grund. Dei jammerde, haar woll Angst, dat hei dootträn wüdd. Dei ännern beiden kneepen den Stert tüssken dei Bein' un verkröpen sick. Boxer keek Napoleon an, wat hei maoken schull: Den Hund doot-drücken oder loopen laoten? Dei wüdd blass vör Wut. »Läss du mien Hund los, oder?«, schnaude hei Boxer an. At Boxer sien Hauf hochnöhm, mök sick uck dei drütte Köter möglichst lüttket. Wenn dei nich noch 'n Tiedlang vör Kälde jammert haar, was et inne Schürn so still' wäsen as nachts inne Karken.

Jeder räkde dormit, dat Napoleon wat säggen wull. Dei veier Schwiene vör üm zittern an'n ganzen Läben. »Bekennt jau Sünden!«, schnauzde Napoleon dei an. Aohne dat ehr wieters noch wat vörhoolen worn was, geeben dei schrainsmaote tau, dat sei mit Schneiball stillken in Kontakt staohn haarn, all länger. Dat mit dei Windmäöhlen, dei üm'tauschmieten, dat haarn se uck mit üm affspraocken hat. Sei haarn Friederich dei ›Animal Farm‹ tauspälen schullt. Sei vertellen dann uck noch, Schneiball haar ehr in't Vertraun trocken: Dei ganzen Tied was hei Jones sien Geheimagent wäsen. At se dat aal taugäben haarn, frög Napoleon: »Noch wat?« »Mehr nich, nä«, antwort'de ein'n van dei Schwiene halvluut.

Napoleon nöhm do sien rechte Vörderbein hoch. Wat dei Hünn' verstünnen: Sei sprüngen dei Verurdeilden anne Gurgel un hüllen dei so lange faste, bit dei nich mehr queeken un nich mehr sparreln dön'.

»Häff noch well wat tau bichten?«, keek Napoleon up.

Do kömen dei drei Häuhner, dei gägen üm upträn wassen, nao vörn un sän: Schneiball haar ehr in'n Droom inflüstert, Napoleon nich mehr tau pariern. Dat geeben se aohne wieters tau. Weer nöhm Napoleon sien Vörderbein hoch, wat dei Hünn' verstünnen. Dann wackelde 'ne Goos nao vörn, sei haar sess Gessenöhr ünnerschlaon, lästen Harvst, un dei Körner nachts upfräten. Ein Schaop bichde: »Ick häbb wählmauns in den Waoterpaul pinkelt, wor aal uut drinken mäöt. Schneiball häff mi dat anschünnt.« Beide maol nöhm Napoleon sien Bein hoch. Twei ännere Schaope kömen dor noch mit vör'n Dag, sei haarn 'n oolen Schaopbuck in'n Doot dräben. Sei haarn den aalmantau üm 'n Für ümtaujaogt, dor bi'n Appelgorn, bit hei tausaomesackt was. Dat hei 'ne schwore Bronchitis haar, dat haarn sei wüsst. Napoleon nöhm weer sien rechte Vörderbein hoch, sä jüst noch tau dei beiden: »Dat was mien beste Frönd.«

Aal, dei sick anklaogden, wüdden van Napoleon taun Doe verurdeielt, un aal Urdeile wüdden upstäe vanne Hünn' vollstreckt. Dat Verurdeilen un Henrichten güng sogaor noch wieter, so lang, bit dei Lieken ein' äöwer'n änner Napoleon vör dei Fäuten leegen. Dei Luft inne Schürn was stickig van den Blautgeruch. Siet Jones verdräben worn was, haarn dei Tiere so 'n Affschlächten nich mehr belävt.

At dei Versammlung van Napoleon schlaoten worn

was, güngen aal langsaom uut'nein', bleeben eierste aower up'n Haowe. Dann löpen se van'n Hoff aff dei ›Langen Weide‹ hoch, bit nao den Boll hen, wor dei halvfarigen Windmäöhlen uppestünnd. Dei Schwiene un dei Hünn' dei wörn nich mitkaomen. 'n ganze Riege sett'de sick bi dei Mäöhlen up'n Brink. Elennig feuhlden sei sick. Wat sei inne Schürn belävt haarn, sei kunnen dor nich mit wern. Wecke van ehr quälden sick uck noch dormit, dat sei sick kiene Meenung mehr dortau tautraun, wat schlimmer was, dei grausamen Henrichtungen oder dat sick so väl van ehr mit Schneiball inlaoten haarn. Fräuher was uck Blaut vergaoten worn, uck gräsig un uck grausam. Dorin wassen se sick aower einig, dat Tiere dat ünner sick maokt haarn, dat was besünners leip. Sietdem Jones wäge was, was dat noch nich vörkaomen, dat 'n Tier 'n ännert Tier dootmaokt haar. Nich eine einzige Ratte was dootschlaon worn.

At se dor upp'n Gräse herüm'stünnen, wecke haarn sick uck ja hensett't, trück dei Külle an ehr hoch. Deswägen kröpen se duun tauhoope: Luzi, Muriel, Benjamin, dei Kaih, dei Schaope, 'n Trupp Göse un Häuhner buckden an'nänner. Bloß dei Katte nich. Jüst at Napoleon köm, was dei Donner verschwunnen.

Napoleon geev Order, aal schullen sick hensetten, in'n Kreis. Boxer bleev allein staohn. Hei köm mit dat, wat passeiert was, einfach nich taurechte: »Begriepen kann ick dat nich«, sä hei, »ick häbb nich glövt, dat et up uuse Farm Mord un Dootschlag gäben kunn. Dei Fähler mott bi us liggen. Ick will Mien' dortau daun: Ick staoh morgens noch 'ne Stunnen eiher up. Wi mäöt harter arbeiten. 'ne ännere Lösung giff et nich.« Aohne tau säggen, wat hei vörhaar, löp hei do in sien häölpen Draff nao dei

Steinkuhlen naotau. Hei wull vör Fieraobend noch twei Fäuher Stein' nao dei Windmäöhlen bringen.

Uppe Weide näben dei Windmäöhlen sä nich ein' mehr wat. Aal söchden dei Warmte. Jeder wull bi Luzi liggen. Woll sachte deswägen, sei haar so wat Mamm'haftiget an sick.

Van dor, wor se leegen, kunnen sei dei Gägend wiet äöwerkieken. Vör ehr leegen dei Gebäuden vanne ›Animal Farm‹. Uppe ännern Siete trück sick dei ›Langen Weide‹ bit nao dei Hauptstraoten hen, lünker Hand dei Haiwissken, achtertau dat Holt, uppe ännern Siete van den Sandweg nao dei Hauptstraoten naotau dei Ackerflächen mit Haowern, Gessen, Weiten, Runkelreuben un Wurreln. Aals stünnd kräftig un greun in'n Saft. Dor tüssken dann aff un tau ein Euwer, uck so schön greun. 'n halwe Stunnen läöter all vergoldede dei Aobendsünnen dissen Fräuhjohrsaobend. Dei roen Pannen van't Waohnhuus un dei blaue Rook, dei stick uut dei Schossstein' upsteeg, passden in dat väle Greun mit sien golden Schimmer herin, as wenn ein' dat maolt haar. Seläwe noch nich was ehr dei Farm so wunnerbaor vörkaomen. Wecke verfährn sick sogaor noch eiß maol weer bi den Gedanken, dat ehr dat nu aal tauhörn dö. Luzi, dei all wat öllerhaftige Mährn, mök 'n Gesicht, as wenn sei säggen wull: »Mein Zeit, so schön!«

Mit maol aower verschöt ehr dei Kläör. Sei dachde weer an dat Gemetzel vamdaogs uppen Haowe: »At wi vör Johrn anfüngen, doran tau arbeiten, dei menschliche Rasse ünnertaukriegen, haarn wi wat änners in'n Sinn. Dat sick gägensietig Dootschlaon doch nu ganz un gaor nich.«

Ehr käömen dei Traonen. Sei erinnerede sick doran,

wecker Bild van ehr Läben sei domaols hat haar, at Old Major taun eiersten Maol van eine Revolution schnackt haar: eine Gesellschaft van Tiere aohne Hunger un aohne Schwäpens. Un: Aal sind gliek. Jeder dait, wat hei kann. Jeder krigg, wat hei bruukt. Dei Starke beschützt den Schwacken. So as sei dat daon haar. Sei haar üm dat Sittels Aontküken ehr rechte Vörderbein ümtauleggt. Aower, wat was dorbi heruutkaomen? Nienmenske waogde noch siene Meenung tau säggen, weil dulle Hünn' äöwerall herüm'luurn. Dat man dat mit ankieken möss, wenn Kameraoden in Stücke räten wüdden, wo dat so kaomen kunnt haar, sei kunn et nich begriepen. Wat ehr dorbi aower nich anköm, dat was ein Gedanke an Rebellion oder irgendwecke Dwerigkeiten. Et was ja immer noch bi wieten bäter as in dei Johrn mit Jones. Dat dei Mensken nich weer dei Äöwerhand kreegen, dorvör uptaupassen, dat was immer noch dat Allerwichtigste. Wat uck immer passeierde, sei stünnd treu tau dei ännern Tiere, arbeitde hart, dö, wat ehr säggt wüdd, un respektierde Napoleon as Führer. Un dann mit maol stött'de ehr dat van Neien weer up, wat aal passeiert was: Dat was et nich, wor sei mit räkt haarn, worför sei sick quält haarn, dei Windmäöhlen baut haarn, vör Jones mit siene Jagdflinten nich Reißuut naohmen haarn. Dat wörn so ehre Gedanken. Uutspräken kunn sei dat nich, dortau fählden ehr dei Wör. In ehrn Verdrott bleev ehr änners nicks äöwer, as ›Tiere van England‹ antaustimmen. Dei üm ehr tau seeten, greepen dat up. Dreimaol nao'n änner süngen se dunn aal säben Strophen. So as dat luude, haarn aal Sorgen.

Do tauchde Quiekert up. Twei Hünn' haar hei bi sick. Anträn köm hei, as wenn hei ganz wat Wichtigs tau bestellen haar.

»Herhörn, aal herhörn!«, röp hei. Dann geev hei, so as hei sä, ein Dekret van Kameraod Napoleon bekannt: ›Tiere van England‹ dröff nicht mehr sungen wern.

»Wat schall dat dann nu?«, frög Muriel.

»Is nich mehr nödig, Kameraod«, sä Quiekert spitz. ›Tiere van England‹ was dat Lied för dei Revolution. Dei häbbt wi dörsett't. Gistern Nommdag, dat was dei läste Akt van uuse Rebellion: Wi häbbt dei Verräter eliminiert. Mit ›Tiere van England‹ drückden wi uuse Begehr nao eine bätere Gesellschaft uut. Un disse Gesellschaft häbbt wi dörsett't. Deswägen: Is doch klaor, ›Tiere van England‹ häff jetzt kien Sinn un kien Zweck mehr.

So verängstigt un untaufräe as dei Tiere do wassen, villicht haar doch ein off änner van dei protestiert, wenigstens wat naofraogt, wenn nicht dei Schaope anfangen wörn tau blaan: »Veier Beine sind gaut, twei Beine sind schlecht«.

Wenn ›Tiere van England‹ nich mehr sungen wern dröff, dann möss dor wat Neies her. Dorför geev et ja den Minimus, den Dichter. Sien Vörschlag füng so an:

> Napoleon is uuse Führer, dat is hei.
> Hei arbeit't jeden Dag hart.
> Napoleon is so gaut, dat is hei.
> Wi glövt üm dat ampart.

Dit neie Lied wüdd van do aff an jeden Sönndagmorgen, wenn dei Faohnen hisst wüdd, sungen. Dei Tiere haarn dor allerdings immer noch irgendwat gägen. Sei mennen, dat dat neie Lied, wat den Text angüng un wat dei Melodie hergeev, up'n naohn Wäge nich an ›Tiere van England‹ heranköm.

Kapitel VIII

Acht, veiertaihn Daoge läöter erinnerde sick dann doch well an dat Sesste Gebot: ›Nich ein Tier draff 'n ännert Tier dootmaoken‹. Wenn dei Schrecken äöwer dat Gemetzel inne Schürn uck all wat affflaut was, ehr stött'de dat wisseweg weer up, wat Napoleon un siene Hünn' maokt haarn. Angaohn kunn dat nich. Wägen dei schrecklichen Hünn' riskiern sei aower nich, sick dat anmarken tau laoten. Wenn ein' van Napoleon siene Body Guards dor achter köm, dat sei immer noch kien Ruhe geeben, dat was läbensgefäöhrlich.

Luzi frög Benjamin, off hei ehr dit Gebot nich vörläsen kunn. Dei Äsel sä, dat hei sick grundsätzlich nich in sowat inmisken dö. Do haolde Luzi sick Muriel her. Dei lees ehr dat dann vör: »Nich ein Tier draff 'n ännert Tier dootmaoken – aohne Grund.« Weswägen ehr dei lästen beiden Wör vergäten wassen, dat wüss Luzi nich un Muriel uck nich. Dat was äben so, un sei sehgen in, dat dat Sesste Gebot van Napoleon nich äöwerträn worn was, un dachden, dor is Grund genaug wäsen, dei Verräter so hart tau bestraofen.

Äöwer't ganze Johr arbeiten dei Tiere noch harter as dat Johr vörher. Dei Mäöhlen weer uuptaubaun, dei Mürn dubbeld un dreifach, un dat rechttiedig, dat aal tausaomen mit dei Arbeit, dei up'n Farm immer anfallt, dat was ein aohnwäten Pand Arbeit. Dat haar sien Grund, dat irgendwecke immer eiß weer mennen, sei mäössen harter ran un kreegen nich rechttiedig Fieraobend.

Ännern Sönndag, vammdaogs inne Schürn, steeg Quiekert uppe Plattform. In sien Kläönken hüllt hei ’n gröttert Blatt Papier. Allein all dordör, wo hei dor so stünnd, verschaffde hei sick Ruhe. Dann lees hei Taohlen vör, aal man Taohlen. Dei Produktion van Fauer was anstägen: Dei Körnarn üm 103 Prozent, wat se an Appeln plücken kunnt haarn üm 300 Prozent. Dat was nao Adam Riese ’n Dörschnitt äöwer 200 Prozent. Dei Tiere sehgen kien Grund, üm dat nich tau glöben. Stünnd doch aal tau Papier. Benjamin brummelde sick allerdings in sien griesen Bort herin: »Leiwer weniger Taohlen, dorför mehr tau fräten.«

Napoleon sülben leet sick inne Schürn nich mehr so faoken seihn. Mangers sehgen sei üm veiertaihn Daoge lang äöwerhaupt nich. Wenn hei dann doch eiß maol uptreet, dann eskortiert van siene Body Guards. Vörup marschierde dann sogaor noch ’n schwatten Haohn mit’n Träöte, so as Herold. All üm’t lüttke kraihde dei »Kikeriki«, wat so väl heiten schull: Jetzt kummp uuse groote Führer Napoleon. So fremd as sei eierste mennt haarn, köm dei Tiere dat dann doch nich vör. Dat passde rein tau gaut tau dat Gerücht, wat up’n Haowe ümtaulööp: Napoleon häff in’n Waohnhuuse ein Zimmer för sick, wor dei ännern partout nich indräöft. Un dei Maohltieden werd in’n Sönndaogsstaomd ganz för üm allein serviert. Hei ett grundsätzlich bloß noch van Meißener Porzellaon. In den Glasschrank in Jones sien besten Staomd haarn dei Schwiene dat funnen. Twei Hünn’ mäössen üm bedein’. Vertellt wüdd uck, dat jedsjohr tau Napoleon sien Geburtsdag mit dei Jagdflinten böllert wern schull, so as an dei beiden ännern Johresdaoge.

Napoleon wüdd van do an uck nich mehr einfach mit sien Naom anräd't. Intüssken güng dat väl förmlicher tau. ›Mien Führer, Kameraod Napoleon‹, so hörde sick dat för dat gewöhnliche Volk. Dei Schwiene schnackden ünner sick van üm sogaor as ›Vaoder van aal Tiere‹, ›Schrecken vanne Menschheit‹ un so wat Ähnliches.

Wenn Quiekert äöwer Napoleon eiß wat sä, dann: wo gaut as hei tau aal Tiere was un van den siene Fröndlichkeit besünners tau dei, dei immer noch in Dummheit up dei Naoberhäöwe vegetiern. Wenn hei so taugangeköm, dann kullern üm dei Traonen äöwer dei Backen.

Dat köm so wiet, wenn uppe Farm irgendwat glücken dö, dann wüdd immer säggt: »Dat häbbt wi uusen Führer Napoleon tau verdanken.« Fäökerner hörde man uck, dat 'n Hauhn tau dei ännern Häuhner so wat sä: »Uuse Führer Napoleon häff mi anhoolen, häff mi holpen, sietdem legge ick fief Eier in sess Daoge.« Un wenn dei Kaih sick bi'n Waoterpaul dröpen üm tau suupen, dann mennde immer noch eiß maol weer eine Kauh: »Wat schmeckt doch dat Waoter gaut, siet Napoleon allein dat Säggen häff!«

Wat dei allermeisten Tiere uppe Farm so dachden un feuhelden, dat uuttaudrücken, is Minimus bestens glückt:

Frönd un Vaoder van arm' Kinner!
Quell' van Wohlstand jo nich minner!
Herr äöwer dei Schwiene ehr Emmers,
Wo ick mi frai,
Wenn ick di seih,
Dien klaor un fürstlick Ooge
As Sünn' an'n Himmel all Daoge.
Führer Napoleon!

Du giffs dien Kinner, wat se mäögt,
Säggs dien Kinner, wat se dräöft.
Tweimaol daogs giffs du ehr satt,
Dröget Stroh, dat jo nich natt.
Väle Tiere, groot off schmall,
Schlaopt bi di taufräe in'n Stall.
Du, Herr, waoks dann äöwerall.
Führer Napoleon!

Haar 'k 'n lüttk Farken,
Schull 't rechttiedig marken,
Noch lüttk as 'n Buddel,
As 'n Käökenrull so'n Knuddel,
Off Jung' oder Dern,
Dann mäösst all lern,
Up di tau hörn.
Führer Napoleon!

Napoleon hüllt dat Gedicht för so gaut, hei leet et vör'n Gäbel vanne Schürn schrieben, nich up den wor dei SÄBEN GEBOTE all vör stünn', vör den Gäbel up dei ännern Siete vanne Schürn. Äöwer dat Gedicht maolde Quiekert mit witte Farwe up den teerten Grund ein Portrait van Führer Napoleon, nich *en face*, nich van vörn, *en profil*, vanne Siete. Aal Tiere wunnern sick, wo hei dat mit Napoleon sien Ooge henkrägen haar: Wor man uck vör'n Gäbel stünnd, dat keek ein' immer an. Wenn man weggüng, keek et ein' nao.

Intüssken haar Whymper dorför sorgt, dat Napoleon mit Friederich un Pilkington nich bloß schnacken, uck äöwer geschäftlicke Dinge verhanneln kunn. Dat Bauholt up'n Haowe, dat leeg dor immer ja noch. Friederich haar van dei beiden Buurn dat gröttere Interesse doran. Wo gewandt Napoleon uck mit üm akkedeierde, önlicken Pries wull dei Knickerpüt van Pinschfeld üm aower nich gäben.

Do mit maol köm dat Gerücht up, dat Friederich mit siene Lüe dei ›Animal Farm‹ van neien angriepen wull. Wüdd säggt, hei kunn et partout nich uutstaohn, dat dat Veih van siene Naoberbuurei dei Windmäöhlen weer hochkreeg. Dei Mäöhlen noch maol platt tau maoken, dor güng et üm inne Hauptsaoke üm', mennde man. Schneiball köm in disse Schnackerei uck weer vör.

Ende Juli, dor herüm', reegen sick dei Tiere äöwer den eiß maol weer besünners up. Drei Häuhner haarn taugäben, dat sei Napoleon üm'bringen wullt haarn. Un Schneiball schull siene Hand dor tüssken hat häbben. Forts röp well: »Kopp aff!« So is et dann uck kaomen. Do frög ein ännert Tier, off dei Sicherheit van Führer Napoleon immer noch nich hunnertprozentig was. Dor möss woll neit äöwer naodacht wern. För jeden Dag wüdd van do an eine Wachmannschaft uut veier Hünn' indeielt, dei Napoleon schützen möss. Dat wüdd ehr exstrao ansäggt, an jeden Beddposten haar dei ganze Nacht ein' van ehr tau sitten. Un ein Löperschwien, Rosa heet dat – Rösken sä Napoleon –, wüdd as Vörkoster inseett't. Wenn dat Fauer, dat Napoleon serviert wüdd, eiß vergiftet was.

Bittken läöter wüdd up'n Haowe tuschelt, Napoleon haar dat Bauholt an Mr Pilkington verköfft, was sick mit den einig worn. Un dat nich bloß äöwer dit enkelde Geschäft. Dat güng dei beiden uck dorüm, wüdd munkelt, tüssken dei ›Animal Farm‹ un Fossbusk Hannel un

Wannel taugange tau kriegen. Whymper schull dei beiden tausaomebröcht häbben, as wenn et dor noch up anköm. Mr Pilkington un Napoleon wassen doch all bolle so wat as Frönde. Dei Tiere traun Pilkington aower noch lange nich, deswägen ja all nich, weil hei ’n Mensk was. Sei möchden üm aower väl leiwer lien as Friederich. Vör den haarn se nich bloß Angst, den möchden se partout nich.

Nao’n Harvst tau löt Schneiball noch eiß weer ’n Spauer achter: Up’n Lannen stünnd mehr Unkruut as Weiten. Napoleon siene Mannschaft haar wanneier heruutfunnen, dat Schneiball up ein’ van siene Streifzüge dör dei ›Animal Farm‹ Unkruutsaot tüssken den Saotweiten misskét haar. Ein Gant haar taugäben, dat hei dor mit bi wäsen was. Dei haar sick dann forts mit Nachtschatten sülben üm’bröcht. Dei schwatten Bern haar hei fräten. Dei Tiere hörn bi dei Gelägenheit uck, dat Schneiball seläwe nich den Orden ›Held vanne Tiere, Eierste Klasse‹ krägen haar. Vertellt worn was dat. Stimmen dö dat aower nich. Schneiball sülben haar dat ingang sett’t. Von wegen Orden! Wägen ›Feigheit vor dem Feinde‹ haar hei sick verantworten mösst. Ein’ sä do noch: »Wenn Boxer sick domaols nich för üm insett’t haar, ja, dann haarn wi jetzt kiene Malessen mehr mit den Verräter.«

Ende September kunnen dei Tiere affkieken, dat dei Windmäöhlen in’n Halvstieg Daoge farig wüdd. Dat was dann aower weer ’n besünnern Grund för ehr, up Gerüchte tau lustern: Dei ›Animal Farm‹ schull van Friedrich un siene Kerls äöwerfallen wern, jüst dann, wenn se dor gaor nich mit räken dön’. In’n eiersten Schlaop, mennen dei Kaih, wenn dei Sünn’ upgüng, vermuten dei Peer. Dit Waowern mök dat lüttke Volk, dei Göse, Äönte un

Häuhner, ganz kribbelig. Friederich, so wüdd säggt, wull twintig Kerls upbein, jeder mit'n Gewehr. Hei haar dei Stadtverwaltung un dei Polizei all schmert, dat se, wenn hei dei Papiern vanne ›Animal Farm‹ eiß tau packen kreeg, dei dat Eigentum anne ›Animal Farm‹ bedröpen, dat se üm dann nich tau väl Fraogen stellen dön'.

Waowert wüdd nich bloß uut Angst, uck uut Wut: Friederich haar 'n oolt Perd dootprügelt, siene Kaih leet hei verhungern, 'n kranken Hund haar hei lebennig ünner 'n Heizkädel stäken. Dei Satan amüsierde sick nao Fieraobend dormit, Haohns gegenänner kämpfen tau laoten. Hei bünnd dei Splitter van Rasierklingen an ehre Sporn. At dei Tiere dat aal hörn, kaokde ehr Blaut. Do wullen et wecke van ehr dörsetten, den Spieß ümmetaudraihn, Pinschfeld antaugriepen, dei Mensken van Friederich siene Buurei tau verdrieben. Quiekert hüllt dei aower trügge. Et was bäter, up Napoleons Strategie tau vertraun. Wat dei Tiere wullen, dat verlösen sei deswägen aower nich uut 'n Sinn, richtig wütend wassen dei.

Napoleon kööm sönndaogsmorgens doch eiß maol weer inne Schürn üm tau erklärn, dat hei dat Bauholt an Friederich seläwe nich verkoopen wullt haar. Mit sücke Lumpen sick afftaugäben, dat was ünner sien Stand. Dei Duuben, dei bit dotau losschickt worn wassen – sei schullen buuten vanne Rebellion vertellen –, dei sä hei stramm an, jo kien Faut mehr irgendwor up'n Grundstück van Pinschfeld tau setten. Un sei schullen ehrn Schlachtruf tuusken: ›Dood för dei Menschheit‹ gägen ›Dood för Friederich‹.

Midde Oktober was dei Windmäöhlen dann endlich farig. Aohnwäten Kraft haar dat kost. Wenn man up dei

Schwierigkeiten trüggekeek: Kiene Erfaohrung, kien önlick Warktüg, Pech uck noch un dann Schneiball siene Gemeinheiten, dann was et doch boll ’n Wunner, dat aals up’n Dag genau farig worn was. Dei Fläögels, dei Seieln, dei Kammräör, dei Käönig, dei Mäöhlsteine, dat aal fählde aower ja noch.

Meue, aower stolz löpen dei Tiere immer weer üm ehr Meisterstück ümtau. Dei Windmäöhlen was doch ’n masse schöner geraon as ’t eierste Maol. Villicht noch mit Dynamit, sonst kunn dei nich plattleggt wern. Wenn sei dann vergleeken, up eine Siete, wo hart as sei arbeiten mösst haarn, up dei ännern Siete dei Erleichterungen för ehr Läben, dann vergeeten sei, wo uutpowert as sei wörn un löpen trotz aaldem stunnenlang üm dei Mäöhlen ümtau. Ein’, well dat was? Villicht wesselde dat uck. Ein’röp: »Dei Windmäöhlen is us gelungen.« »So is et!«, larmden dann aal dei ännern. Napoleon sülben keek bi dei Mäöhlen uck eiß maol tau – mit siene Hünn’ un den Haohn’ –, hei wull dat Wark affnähmen. Höchst persönlich gratleierde hei jedet enkelde Tier för siene Leistung. At hei dor mit dör was, röp hei so luut as hei kunn: »Ehr Naom is: ›Napoleon Mäöhlen‹!«

Twei Daoge läöter leet hei bestellen, aal schullen sick inne Schürn versammeln, nich taun Sönndag, midden inne Wäken. At hei do vertellde, dat hei dat Bauholt an Friederich verköfft haar, wassen dei Tiere di dann doch baff. Ännern Dag all wull Friederich dat Holt afffäuhern. Napoleon sä dunn uck noch, dat hei immer all ’n Geheimabkommen mit Friederich hat haar, uck tau dei Tied, at hei so bärt haar, as wenn hei mit Pilkington Fröndschaft schlaoten haar. – Siene Hünn’ mäössen do woll mennt häbben, dat ein’ off änner schüttkoppde, jedenfalls keeken sei up un knurren. – Tau Foxbusk haar hei, Napoleon, aal Kontakte affbraoken. An Pilkington haar hei graowe Breiwe schräben. Dei Duuben haarn Order krägen, nich mehr nao dei Fossbusk Farm tau fleigen. ›Dood den Friederich‹ mäössen se gägen ›Dood den Pilkington‹ uuttuusken. Napoleon versicherde dann noch so näbenbi, dat, wat dor schnackt wüdd – as wenn dei ›Animal Farm‹ angräpen wern schull –, dat dat nich stimmen dö. Hei güng sogaor up dei Schnackerei in, dat Friederich Tiere quält häbben schull. Wat dor aal däölt wüdd, dat was ganz un gaor unsinnig, sä hei. Disse Gerüchte wörn wohrschienlich van Schneiball un siene Agenten inne Welt sett’t worn. So as üm dat nu tau leet, haar Schneiball sick seläwe nich up Pinschfeld verschuulket. Tatsächlich was hei dor äöwerhaupt nich wäsen. Schneiball läwde immer noch in Luxus up Fossbusk. Man kreeg den Indruck, dei Lump was all Johrn lang Pensionsgast van Pilkington.

Upfällig was, wo dei Schwiene sick äöwer Napoleon siene Tricks frain dön’. Fröndschaft mit Pilkington vörtäuschen, dordör Friederich dwingen, twölf Pund mehr för dat Holt tau bein, dat was doch wat. Quiekert schöv dat dann weer so’n bittken trügge: Napoleon siene besünnere Kraft bestünnd dorin, sä hei, dat Napoleon kienein’ traun dö, up nienmenske herinfüllt. Friederich dei haar dat Holt mit ’n Scheck betaohlen wullt, mit’n Stück Papier, wor bloß uppestaohn haar, dat hei dat Holt betaohlen wull. För so ein’ was Napoleon dann doch tau schlau. Hei haar Baorgeld föddert, in Fiefpundschiene in vöruut. Un wat Friederich betaohlen mösst haar, dat haar jüst uutreicht, dei Mechanik för dei Windmäöhlen tau koopen.

Dat Holt wüdd mit staohn Waogen afffäuhert, so haar Friederich dat organisiert: Sowießen at ein Waogen belaon wüdd, was dei tweite ünnerwägs, wüdd dei drüdde affloan. Klappen dö dat. At dat läste Fäuher van'n Hoff trocken worn was, röp Napoleon weer 'ne extrao Versammlung nao dei Schürn hen in. Dei Tiere schullen dei Fiefpundschiene nich bloß van wieten bekieken, uck bewunnern. Hei haar sick dat uppe Plattform up'n Halfstieg Schöwe Stroh gemütlich maokt. Siene beiden Orden antauleggen, haar hei nich vergäten, un hei lacherde so in sick herin, as wenn hei heil gaut taufräe was. Dei Schiens wassen näben üm up'n grooten Porzellaonteller uphüpt. Den Teller haarn se inne Käöken van't Waohnhuus uut dei Anrichte naohmen. Aal Tiere güngen dor dann enkelt langsaom an langers. Jedet dröff sick Tied nähmen, bit et sick sattkäken haar. Boxer wull uck den Räöke van dei Schiens häbben. Hei köm mit siene Näsen so duun dor up, dat dat Papier van sien Schnuuben rüsspeln dö.

Poor Daoge läöter geev et up maol ein aohnwäten Dörnänner. Whymper, blass as 'n Lieke, schörde mit Rad den Padweg vanne Straoten nao dei Farm tau herdaol, schmeet sien Schliepkorn up'n Haowe einfach achteruut un löp in't Waohnhuus herin. Uut Napoleon siene Schlaopkammer was in nächsten Oogenblick wat tau hörn: Dor brüllde well vör Wut. Dei Grund dorför, as 'n Für löp dei dör Huus un Schürn un Ställe: Dei Geldschiene wassen nich echt! Friederich haar dat Bauholt ümsüß krägen.

Weer mäössen aal Tiere inne Schürn kaomen. Dat eierste, wat Napoleon infüllt, was, hei verurdeilde Friederich taun Doe. Dat Urdeil ›Taun Doe‹ sprök hei nich, dat larmde hei in siene Wut so aohnwäten luut, dat hei as Richter kien gaun Indruck mäök. Wenn se Friederich tau packen kreegen, schull dei lebennig kaokt wern. Dat Schlimmste was aower noch, nao disse Gemeinheit van den möss man dormit räken, dat hei un siene Kerls angriepen wullen, villicht morgen all. Deswägen wüdden sofort Wachen uutstellt, rund ümme Farm tau. Un veier Duuben wüdden mit ’n versöhnlichen Breif nao Fossbusk schickt. Wenn Napoleon all Striet mit Friederich haar, dann wull hei sick mit Pilkinton weer verdrägen.

Ännern Morgen all greep Friederich an. So frauh, dei Tiere uppe ›Animal Farm‹ wassen noch gaor richtig taugange, at twei Posten anloopen kömen: Friederich haar mit siene Lüe dei Porten anne Hauptstraoten all aopenbraoken, was all up’n Sandwäge nao dei Farm tau. Napoleon schickde siene Truppe sofort los. Dei stürmde uck tapfer vöran, den Feind intaumeute. Dit Maol was dei Sieg aower nich so sicher as domaols inne ›Schlacht bi’n Kauhstall‹. Ehr stünnen füfftaihn Kerls gägenäöwer, ’n halv Dutz van dei haar ’n Gewehr. Un dei füngen all an tau scheiten, at sei noch man bit up füfftig Träe an den Feind herankaomen wassen. Dei Duuben un dei Häuhner kunnen dei Ballerei all nich häbben. Dat scharp schaoten wüdd, dat hüllt wanneier nich ein’ mehr uut. Friederich siene Lüe haarn ehre Flinten nich mit Schrott Nr. 6, dei haarn Nr. 4 laon. Bit dartig, veiertig Träe schlögen dei schwöreren Schrottkörner bi Peer un Kaih sogaor noch dör’t Fell. Dat kneep un bläött’de di villicht. Boxer streek dat Blaut all bi dei Bein’ herdaol, Luzi löp et inne Oogen. Do wüdd et brenzlich. Wat Boxer un Luzi do uck larmen, sei schullen nich trüggegaohn, bi’nänner blieben, aal verlöt do dei Maut.

Dei Peer kreegen in den fluchtartigen Rückzug kien Stand weer herin: Dei Verteidiger vanne ›Animal Farm‹ trücken sick up'n Hoff trügge, riskiern jüst noch, Friedrich siene Lüe dör Ritzen un Knaustlöcker in'n Ooge tau wohrn. Dei Feind haar ehr dei ›Langen Weide‹ mit dei Windmäöhlen affnaohmen un hüllt se besett't.

Napoleon wüss nich mehr, wat hei maoken schull. Hei stöv hen un her, Stert piel achteruut, sä aower nicks. Mit maol bleev hei staohn, keek nao Fossbusk räöwer, riskede sick un sä tau sick sülben: »Wenn Pilkington us tau Hülpe kaomen dö, dann kunnen wi 't noch winnen.« In den Moment kömen dei veier Duuben weer trügge. Ein' haar 'n Stücksken Papier in'n Schnaobel, 'n Gruß van Pilkington: »Dat dait jau gaut.«

Wieter as bit dei Windmäöhlen güngen Friedrich un siene Lüe eierste nich vör, löpen üm dei Mäöhlen ümtau, keeken sick den Bau van dichte bi an. Twei Kerls kömen mit Warktüg an, dei ein' mit'n Bräkstangen, dei ännere mit 'n Vörschlaghaomer. Wat dei Tiere do sehgen, dat was ehr dann doch nich geheuer: Dei beiden füngen an, dei Mäöhlen afftaubräken.

»Laot se man! Dat gaiht äöwerhaupt nich«, sä Napoleon. »För sück Geschier häbbt wi dei Mürn dann doch tau dicke hochtrocken. Mit'n Kauhfaut un'n Haomer dürt ehr dat mindestens eine Wäken. Kameraoden, wi gewinnt et noch. Couraoge!«

Benjamin leet dei Kerls mit ehr Handwarkstüg aower nich uut'n Ooge. Friederich siene beiden Lüe born jüst äöwer't Fundament ein Lock inne Wand. »Dat haar ick mi all dacht«, sä hei. »Seiht gi gaor nich, wat dei Kerls maokt? Dat dürt nich mehr lang, dann proppt dei Dynamit in dat Bohrlock.«

Nich ein' wüss do noch, wat se maoken kunn'. Uck Napoleon nich. Sick jetzt uut dei Deckung tau waogen, dat was Unsinn. Do mit maol löpen Frederich siene Kerls uut'nein'. Un do knallde di dat villicht! Dei Duuben stöben hoch, aal ännern Tiere drückden sick duuner anne Grund – bit up Napoleon. At se weer tau sick kömen, weer upstünnen, hüng dor, wor äben noch dei Windmäöhlen staohnen haar, 'ne schwatte Wolke. Langsaom trück dei upsiet. Dunn sehgen sei't: Ehre Windmäöhlen geev et nich mehr!

Do passeierde wat, wor ganz sicher kienmenske mit räkt haar: Dei Tiere kreegen neien Maut. Angst un Raotlosigkeit wassen verflaogen, ehre Wut kreeg dei Äöwerhand. Aohne Order van Napoleon bröken se mit »Couraoge! Couraoge!« vör, stracks up Friederich siene Lüe los. Aals scheen ehr egaol tau wäsen, Läben oder Dood. Dit Maol kümmern sei sick nich üm dei Schrottkörner, dei ehr as 'n Haogelschuur ümme Ohrn fägen. At dei Tiere Friederich siene Kerls dichte kömen, haun dei mit ehr eiken Knüppels rund üm sick un treen mit ehre graowen Stäweln so hart tau, as se man kunnen. För dei Tiere was et 'ne bittere Situation. Eine Kauh, drei Schäöpe un twei Göse leegen all doote up'n Brink. Verwundet was boll' jederein'. Sogaor Napoleon haar 'n Körn affkrägen. Schlimm was dat nich worn. Üm Äöwersicht tau häbben, führn tau käönen, haar hei sick bi dat Getümmel wat achtertau hoolen. Dei Schrottkörner, dei dor noch anskömen, dei kunns in'n Haut fangen.

Friederich siene kreegen aower uck wat aff. Boxer

draihde sick rund, schöv sick erslinks an den Feind heran, dat hei dei Fritzen uck langen kunn, wicksde mit Gewalt fief, sess maol achteruut, un do leegen dor uck all drei van dei mit'n verbuulten Kopp anne Grund. At Boxer sick 'n Stoot verhaolen wull, poor Träe trüggegüng, stürmde eine Kauh nao vörn un stäött'de ehre Hörn den veierten in'n Buuk. Dei beiden Hünn', Jessie un Bluebell, kreegen ein' van dei Naoberkerls bi't Bücksenbein tau packen. Dei stünnd dann rutz in Hemdschlippen ganz vörn anne Front. In den Moment bröken dei nägen kräftigen Hünn' van Napoleon siene Leibwache mit Knurren un Bläken dör'n Hägen un füllen dei Fritzen inne Flanke. Dat was dei dann doch genaug tau. Inkädelt wern, dat fählde noch! Friederich sehg dat kaomen, hei röp: »Affhaun! Affhaun! Nu gaiht et noch.« Van do aff an löpen dei feigen Fritzen in Panik üm ehr Läben. Bit nao den tackeligen Hägen hen treen dei Tiere vanne ›Animal Farm‹ dei noch heller uppe Hacken.

Sei haarn et wunnen, dei Zapp was uut ehr aower uute, bläun dön' se aal. Langsaom humpelden se nao Huus tau. At se ehre doen Kameraoden up'n Gräse liggen sehgen, kömen ehr doch dei Traonen. Tüssken dei Reste vanne Windmäöhlen hüllen se vör'n Moment an. Säggen dö kienein' wat. Aal wassen schrainsmaote. Ja, sei was verschwunnen, dei Mäöhlen. Van ehre Arbeit was recht kien Spauer äöwerbläben. Sogaor dat Fundament was an'n poor Stän upräten. Un dei Stein' wassen nich eiß mehr tau bruuken, so as dei nao dei Explosion uut'nännerfüllen. Un dann dei Mäöhlen taun drütten Maol upbaun?

At dei Tiere sick trüggetrücken, langsaom dei Farm weer dichter kömen, dei ein' hinkde, dei ännerre blött'de, wecke mäössen stütt't wern, sonst kömen dei gaor nich mehr wieter, köm Quiekert ehr intaumeute, irgendwie albern: Hei haude mit sien Stert rund un hen un her, scheen mit sick gaut taufräe tau wäsen un tippkede van ein Pötken up'n ännern. – Do füllt up'n Haowe 'n Schuß.

Boxer frög: »Wat schall dat dann nu?«

»Wi mäöt uusen Sieg doch fiern!«, sä Quiekert.

»Weckern Sieg?« frög Boxer.

»Weckern Sieg? Boxer, häbbt wi den Feind nich van uusen Grund un Boden verdräben, van den heiligen Boden vanne ›Animal Farm‹?«

»Dei Fritzen häbbt doch uuse Windmäöhlen inne Luft jaogt. Twei Johr Arbeit seeten dor inne. – Un, wor bis du einlick wäsen? Häbb di gaor nicht seihn. Häss du di drückt, Quiekert?«, frög Boxer.

Up Boxer siene Fraoge güng dei aower gaor nich in, hei sä: »Wi baut 'ne neie Windmäöhlen. Wenn us dat gefallt, dann baut wi sess Stück. Kameraod, interessiert di dat villicht gaor nich, wat wi farigbröcht häbbt? Dei Feind haar doch uuse Land besett't, dat Land wor wi hier nu uppestaoht. Un jetzt häbbt wi et weer, jeden Quadraotmeter. Off di dat nu passt oder nich, Boxer: Allein wägen Napoleon siene Strategie un Taktik häbbt wi et wunnen. Dei Flankenangriff van siene Leibgarde dei bröchde den Sieg. Mit dei Hünn' haar hei dat vörher ganz genau dörspraoken. Sei schullen sick achtern Hägen schuulken un üm den lünken Fläögel vanne Fritzen ümtauschleichen, sick dann praot hoolen, un üm, Napoleon, in't Ooge häbben. Wenn hei ehr dat Teiken geev, dann aower ran an den Feind.«

Boxer schüttkoppde un sä: »Wat du dor quassels,

Quiekert, wi häbbt doch nicks wunnen, wi häbbt verhinnert, dat us dei Farm wegnaohmen worn is, mehr doch nich. Un du schnacks dorvan, wat Napoleon siene Leibgarde leistet häff. Jüst at wi dei Äöwerhand weerkrägen haarn, do stöben dei Hünn' dör'n Hägen. Feindberührung häbbt dei doch gaor nich hat.«

Quiekert sä do noch so halvluut: »Off du dat nu begripps oder nich, Boxer, dat us dei Farm nich affnaohmen worn is, dat dörtausetten, genau dat was uuse Upgaobe.«

Nao disse Kabbelei humpeln dei Tiere wieter nao'n Hoff tau. Boxer siene Kneie blött'den, ein Iesen haar hei inbüßt, un dei Hauf van sien rechte Vörderbein was bit up'n Knaoken inräten. Dat küllt üm ganz gemein. Mit 'n Halvstieg off 'n Dutz Schrottkörner haarn dei Fritzen üm uck noch inne Achterbein' draopen. Dei wassen dör't Fell dörschlaon un schmarten nich minn'. In Gedanken was hei all weer dorbi, dei Mäöhlen taun drütten Maol hochtautrecken. Üm güng aower uck dör'n Kopp, off siene Muskeln noch woll so stark as fräuher wassen, hei was ölben Johr oolt.

At dei Tiere up'n Haowe dei greun Faohn' sehgen un dat Gewehr noch maol weer knallde, säbenmaol insgesamt, un Napoleon aal gratleierde, besünners dorup ingüng, dat siene Kommandos sofort un so genau befolgt worn wassen, mennden dann doch aal Tiere, dei Schlacht wunnen tau häbben.

Dei Kauh, dei drei Schäöpe un dei beiden Göse, dei inne Schlacht fallen wassen, wüdden fierlich begraoben. Boxer un Luzi trücken den Liekenwaogen. Napoleon güng bit nao'n Appelgorn, wor se dei Kuhlen all schmäten haarn, höchst persönlich vörup. Dann kömen dei beiden Peer mit den Waogen, dann dei Kaih, dei Schäöpe un dei ännern aal. Jede Aort hüllt sick bi'nänner. Dei Äönte wassen dei lästen. Upfällig was, dat dei Schwiene un dei Hünn' vanne Body Guard fählen dön'. Jessie was dor. Wat Bluebell haar?

Üm den Sieg tau fiern, dorför wüdden twei ganze Daoge ansett't. Dei Tiere süngen, hüllen Räden, schöten aff un tau mit dei Flinten, un Napoleon leet wat springen: Jedet Tier kreeg 'n Appel, jeder Vaogel baoben dem füfftig Gramm Körn un jeder Hund drei Hunnenkauken extrao. Twei Vermeldungen geev et dann noch, dei Schlacht schull ›Schlacht bi dei Windmäöhlen‹ heiten, un dat Napoleon 'n neien Orden stiftet haar, den ›Greunen-Banner-Orden‹. Well üm den üm'hangen haar, dat wüss nümms. Äöwer dei gauen Stimmung bi dei Fier wüdd dei Arger wägen dei unechten Fiefpundschiene vergäten.

'n poor Daoge läöter fünnen dei Schwiene in'n Keller van't Waohnhuus eine Kissen mit Whisky. Domaols, at sei dat Huus besett't haarn, mäössen sei dei woll äöwerkäken häbben. Inne Nacht dorup hörde man up'n Haowe van'n Waohnhuuse her luuten Gesang. Dei gaut taulustern vernöhmen uck wat, wor se nich mehr mit räkt haarn: Dei Melodie van ›Tiere van England‹ un uck ein off änner Strophe van dat Lied.

Ännern Morgen rögde sick in'n Waohnhuuse lange nicks. Nich ein einzig Schwien leet sick buuten seihn, Quiekert gägen nägen Uhr dann doch. Langsaom un schluff güng hei äöwer'n Hoff, dei Schlaop seet üm noch inne Oogen, sien Stert hüng schlapp achter üm daol, krank sehg hei uut. Hei wull dei Tiere nao dei Schürn tausaomeroopen. ’ne schlimme Naoricht möss hei bekanntgäben: »Kameraod Napoleon is doodkrank.«

Wo dei Tiere do jammern dön’! Bolle so, as wenn Kinner up ein Schlag Vaoder un Mauder verleisen daut. Vör dei Dörns van’t Waohnhuus wüdd Stroh uutbreit. Aal güngen up Tehnspitzen. Mit Traonen inne Oogen frögen se sick gägensietig, wat se maoken schullen, wenn ehr dei Führer naohmen wüdd. ’n Gerücht geev et natürlich uck forts weer: Schneiball haar et doch noch weer schafft, Napoleon Gift in’n Kaffee tau daun. Eine Stunnen läöter all köm Quiekert mit dei nächsten Bekanntmachung: Well Alkohol drünk, dei wüdd mit’n Doe bestraoft. Dat schull dat läste wäsen, wat Napoleon noch maoken wull, bevör hei, so as aal Kreaturen, affträn möss. Aobends güng et üm aower all ’n masse bäter, un ännern Morgen all kunn Qiekert vertellen, dat et Napoleon weer recht gaut güng, mit üm güng et all weer staodig bargup. Aobends was hei dann so wiet, dat hei siene Arbeit weer upnähmen kunn. Un ännern Dag all wüdd bekannt, dat hei äöwer Whymper dat Bauk ›Beierbraun un Schluckbrennen‹ bestellt haar.

Eine Wäken läöter leet hei dei ›Lüttken Weide‹ achtern Appelgorn üm’drieben. Dor haar ja nu nienmenske mit räkt, dei was doch, well weit, wo lang nich all, för dei Tiere reserviert wäsen, dei wägen ehr Öller nich mehr arbeiten bruukden. Vörschaoben wüdd, dei Weide möss neit ansait wern, dor seet kien Grai mehr inne, Dießeln un schlechtet Gräss haarn sick breitmaokt. In Würklichkeit wull Napoleon dor Gessen insain. Un dat schnackde sick wanneier up’n Haowe rund.

So ungefähr üm dei Tied herüm’ passeierde ’n Malheur, wat recht nich ein’ verstaohn kunn. Nachts, so gägen twölv Uhr, krachde irgendwat up’n Haowe, so luut, dat aal Tiere upwaokden un uut ehre Ställe kömen. Buuten kunns Zeitung läsen, so maonlecht was dat. Ünnen an’n Gäbel vanne grooten Schürn, up dei Siete wor dei ›SÄBEN GEBOTE‹ an’stünnen, leeg ’n Leddern, midden dörbraoken was dei, un Quiekert leeg bewusstlos dornäben, bi üm siene Petroleumslucht, ein üm’kippden Pott mit witte Farwe un ’n brein Maolerpinsel. Napoleon siene Body Guards nöhmen Quiekert sofort tüssken sick un brögden üm, at hei man äben gaohn kunn, in’t Waohnhuus. Nich ein’ van dei Tiere kunn sick denken, wo dat aal tausaomen passen dö. Bit up Benjamin, dei nickkoppde mit sien langet Gesicht as wenn hei dat wüss, sä aower nicks.

Poor Daoge läöter löp Muriel, dei Zäge, vör dei Schürn langers un lees in’n Vörbigaohn dei ›Säben Gebote‹ noch eiß maol weer dör. Do füllt ehr up, dor stünnd noch ein Gebot tüssken, wat ehr so nich bekannt wäsen was. Sei haar alltied mennt, dat dat Füffte Gebot ›Nich ein Tier draff Alkohol drinken‹ heet. Dat was tatsächlich aower änners, dor stünnen noch twei Wör, dei sei vergäten haar:

NICH EIN TIER DRAFF ALKOHOL DRINKEN BIT LIGGEDUUN.

Kapitel IX

Dei Windmäöhlen weer uptaubaun, dat häbbt dei Tiere nich lang' upschaoben. Twei Daoge nao ehrn grooten Sieg sind se dor all bi anfangen. Boxer haar dat bedräben. Wägen sien upkällerten Hauf füllt üm sülben dat aower schwor: Jedsmaol wenn hei den Hauf tausett'de, küllt üm dat. Weil hei dor so up drängt haar, forts antaufangen, schullen dei Ännern partout nich marken, woväl Pien as hei haar. Ein einzigen Dag krank tau fiern, dat köm deswägen för üm nich in Fraoge, blamiern wull hei sick nich.

Aobends, dann ünner veier Oogen, vertellde hei Luzi, woväl Kälde as hei haar. Luzi keek sick Boxer sien Leiden an un schlög vör: »Du, ick legge di dor 'n feuchten Ümschlag ümtau. Dei Stäe, dei di kellt, dei wedd dann schön leinig, piert nich mehr so daon' un heielt uck bäter.« Sei wüss, wat in den Ümschlag so an Blör un Kruut inhörd: Geesekohl, Luusemellen, Botterblaum, Barkenblör un sonst noch aal so wat. In'n Gorn un uppe Weide söchde sei sick dat tausaomen un kaude dat Blattwark so lang dör, bit sei 'n schuumigen Brei taugange haar. Dei köm in den Ümschlag.

Luzi un Benjamin bedrängden Boxer, hei möss weniger arbeiten. »Uck Peerlungen blievt nich immer lieker kräftig«, geeben sei üm tau bedenken. Lustern dö Boxer aower nich. Hei antwortde: »Bevör ick dat Arbeiten taugäwe, häbb ick noch ein einzigen Wunsch, dat ick dat beläwe: Mit dei Windmäöhlen gaiht et weer vöran.«

Tau Anfang, kott nao dei Revolution, was fasteleggt worn, van wecker Öller an dei Tiere nich mehr arbeiten bruukden: för Peer un Schwien' up twäölv Johr, för Kaih up veiertaihn, för Hünn' up nägen, för Schaope up säben, för Häuhner un Göse up fief Johr. Uppe ›Animal Farm‹ haar allerdings, siet Johns wegjaogt worn was, noch nich ein einzig Tier sick tau Ruhe setten kunnt. Nich, as wenn dat nich faoken beschnackt worn was, wo dat mit dei Altersversorgung wietergaohn schull. Dei Oolen was dei ›Lüttken Weide‹ bi'n Appelgorn tauspraoken worn. Napoleon haar dei för Kotten aower ja üm'bräken laoten. Gessen was dor insait worn. Off dorför dann nich doch för dei steinoolen Tiere vanne ›Langen Weide‹ eine Ecke affrickelt wern kunn, dat was do dat Thema. Ganz tau Anfang was uck fasteleggt worn, wat Peer up ehrn oolen Dag taukreegen: daogs fief Pund Körn, in'n Winter füfftaihn Pund Hai un eine Wurreln. Wenn et mäögelk was, sönndaogs un an öffentliche Fierdaoge uck noch ein Appel. Boxer wüdd taukaomen Johr, Ende August, twölwe. Dei Tied, wenn hei nich mehr arbeiten bruukde, dei was afftaukieken.

Dei meisten Tiere hüllen sick aower dor bi up, dat se bi dei harten Arbeit un bi dei Külle nich satt tau fräten kreegen. Richtig upprägen dö ehr, dat dei Schwiene un dei Hünn' väl bäter wegkömen. Quiekert versöchde do noch eiß maol weer, aals glatttauschnacken. För aal datselbe un lieker väl Fauer, dat was gägen dei Prinzipien van Animalismus, so füng hei an. Off hei do mennde, sick un siene Genossen dormit noch wieter herinräten tau häbben? Jedenfalls füllt Benjamin up, dat Quiekert van den Paid ›Nich datselbe‹ forts weer rünner wull, an siene Räde 'n ännern Draih ankriegen wull. Möss ja ’n Grund häbben, dat hei ganz neit ansett’de: Wenn et ehr upstünns uck nich so besünners gaut güng, vorläufig leet sick dat nich vermeiden. Sei mäössen ehre Laoge aower mit dei Johrn, at Jones noch ehr Buur wäsen was, verglieken. Dann haarn sei et doch jetzt duusendmaol bäter. Dat kunn hei ehr bewiesen. Hastig un schrill köm hei mit siene Fakten vör’n Dag: Sei kreegen jetzt daogs mehr Haowern as domaols, mehr Hai un mehr Reuben, sei bruukden nich mehr so väl Stunnen arbeiten. Wat se tau suupen kreegen, dat Waoter, dat was nu frisk un uck rein, sei läben länger, van ehre Föllens, Kalwer un Farken güngen nich mehr so väl doot. Sei haarn frisket Stroh in ehre Ställe, haarn nich mehr so väl Flöhe as fräuher. – Un dei Tiere glöben üm jedet Wort, allein all deswägen, weil se Mr Jones un aal dat, wor disse Mann verantwortlich för wäsen was, vergäten haarn.

Quiekert sett’de noch maol nao: Bedenken mäössen se uck, dat se fräuher Sklaowen wäsen wörn un nu frei wassen. Hei erwähnde uck noch, dat dei Tiere sick daon’ vermehrt haarn. Tau Tied mäössen väl mehr versorgt wern as fräuher. In’n Harvst haarn veier Muttens Farken krägen, einundartig Stück. Dat mäössen se uck bedenken.

Weil Napoleon dei einzige Eber uppe Farm was, bruukde man sick dortau kiene Gedanken tau maoken, wor dei Farken van affstammen dön’. Ein’ mit’nänner wassen dei tweiklört. Off Napoleon sick deswägen so väl üm dat junge Volk kümmern dö? Dreimaol inne Wäken versammelde hei dei Lüttken bi sick inne Käöken, üm se tau ünnerrichten. Weil dei välen Farken dor einlick nich herinhörn, dachden dei Schwiene boll’ forts dor äöwer nao, off et nich mäögelk was, för den Ünnerricht ’n Schaul tau baun. Up'n Haowe off dichte bi'n Haowe? Dor köm bi heruut, dat dei Schaul stramm achter'n Waohnhuuse staohn schull. Napoleon sien Interesse seet dor achter: In'n Huuse wull hei siene Ruhe häbben. Un wo dei Politikers för morgen un äöwermorgen ertrocken wüdden, dat wull hei bestimmen. Dei Farken schullen deswägen uck nich mit dei Jungen van ännere Tiere spälen. Hei sett'de bi dei Gelägenheit uck noch äben faste, wenn irgendein Tier un 'n Schwien sick up'n Paddwäge intaumeute kömen, dann möss dat vör dat Schwien Platz maoken, uppe Siete trän. Un noch ein Vörrecht kreegen dei Schwiene dor forts taubi: Sönndaogs dröffen dei sick greune Schleifen an'n Stert binnen.

Dei Arn was dat Johr gaor nich schlecht. Wor et an fählen dö, dat was baor Geld. För dei Schaul, dei se baun wullen, dorför mäössen Stein, Sand un Kalk köfft wern. Aower nich bloß dat, för dei Maschin', dei inne Windmäöhlen inbaut wern schullen, dor möss Geld för trüggeleggt wern. Un wat bruukde man nich sonst noch aal: Petroleum un Kessen för'n Huushalt, Zucker för Napoleon (för dei ännern Schwiene leet hei Zucker nich tau, dei wüdden dorvan tau fett) un dat, wat immer eiß weer ersett't wern möss: Handwarkstüg, Näögel, Packsband, Käöhl, Draoht, Hunn'kauken, so wat aal. Ein Fäuher Hai un drei Waogenvull Tüwwelken wüdden deswägen verköfft, un dei Eierwaogen kreeg jede Wäken nich mehr veierhunnert, dei kreeg sesshunnert Eier mit. För dei Häuhner was dat spietlich, ehr bleeben nich so väl Bruuteier, dat se för dei Naohtucht genaug Küken uutbreun kunnen.

An irgend so 'n Nommdag, Ende Februar was dat, do

waihde van dat lüttke Brauhuus dwesk äöwer'n Hoff 'n krütigen Geruch heräöwer. – Dat Hüsken stünnd achter dei Käöken van't Waohnhuus. Jones haar dat all johrnlang nich mehr nutzt, haar 't verkaomen laoten. – So wat Appetitliches haarn dei Tiere seläwe noch nich raoken. Ein' sä, dat rück so, as wenn Gessen kaokt wedd. Wecke löp dat Waoter all in'n Munn' tausaomen, dei mennen, aobends schull dat woll 'ne warme Maoltied gäben. Schillegessenzoppen wüdd aower nich anbaon.

Dat löp änners: An den Sönndag dorup wüdd bekanntgäben, dat aff sofort dei ganze Gessen för dei Schwiene reserviert was. Un do dürde dat nich mehr lang, bit dörsickert was, dat dei Schwiene jeden Dag 'n Glas Beier kreegen. Napoleon stünnen daogs veier Liter tau. Rosa servierde üm dei jeden Aobend in eine Zoppentrien uut Meißner Porzellaon.

Quiekert markde, dat dei Tiere sick dor bi uphüllen, nich vergeeten, dat dei ganze Gessenarn dei Schwiene as Beier taugaue köm. Hei möss noch maol weer Schwatt tau Witt verdraihn. Mit den Henwies up dei Würde, dei dei Tiere doagrao uck inne Naoberskup taugestaohn wüdd, wull hei dat henkriegen. Dat was doch wat, jeder kunn jetzt säggen, wat hei dachde. Un Napoleon haar för jede Wäken 'n Ümzug genehmigt. Sinn un Zweck van disse Prozession was doch, dei siegreichen Kämpfe vanne Tiere tau fiern. Wat sonst woll? Un 'n fein' Naom haar hei dor doch uck för funnen, för den fierlicken Ümzug: ›Spontane Demonstration vanne Tiere‹.

Dat dei jedsmaol klappen dö, deswägen hüllt Napoleon noch länger 'n bäten dei Hand doran: Aal Tiere mäössen aobends tau glieke Tied vanne Arbeit kaomen un 'n halwe

Stunnen läöter all – mehr so as Saldaoten –üm dei Gebäuden vanne ›Animal Farm‹ ümtautrecken: vörn dei Schwiene, dann dei Peer, Kaih un Schaope, as Läste dei Göse, Äönte un Häuhner. Dei Hünn' mäössen den Ümzug flankiern. Vör disse Polonäse ganz vörneweg repräsentierde Napoleon mit sien Gefolge den Anspruch gägenäöwer aal Tiere up Respekt un Anerkennung – vör allen Dingen aower uck bi dei Naoberbuurn. Quiekert sä: »Wenn dei Haohn' mit siene Träöte as Herold vörup stolziert, Boxer un Luzi dei greun' Faohn' drägt un uuse Führer Napoleon sick mit siene Orden un Ehrenzeichen wiesen dait, dat maokt Indruck, un dait et.«

Van aal Tiere fünnen sick dei Schaope mit disse Ümzüge am besten aff, möken dei sogaor begeistert mit. Wenn sick doch eiß ein' van dei Ännern beklaogen dö (wenn kien Hund un kien Schwien dichte bi was, dann geev et dat woll eiß maol), wenn ein' meckerde: »Hier inne Külle herüm'staohn tau mäöten, is 'n aohnwäten Kraom, un is et, wi häbbt et doch so drocke«, dann schaffden dei Schaope mit ehr Blaan »Veier Beine sind gaut, twei Beine sind schlecht!« dat dann immer weer, den taun Schwiegen tau kriegen. Langsaom gewöhnen sick dei Tiere an disse Aort Fierlichkeiten. Geev ja uck wat, wor sei gern an erinnert wüdden: Sei wassen ehre eigen Herrn un arbeiten taun eigen Nutzen.

In'n April wüdd dei ›Animal Farm‹ as Republik uutroopen. Do möss 'n Präsident wählt wern. Napoleon was dei einzige Kandidaot, wüdd dann uck einstimmig wählt. An'n selben Dag wüdd bekanntgäben, dat noch maol Akten funnen worn wassen, dei Schneiball siene Komplizenschaft mit Jones noch wat genauer bewiesen dön'. Was doch aal noch 'n bäten änners wäsen, as dei Tiere bit dotau mennt haarn. Schneiball haar dei ›Schlacht bi'n Kauhstall‹ nich bloß verleisen wullt, Jones siene Lüe haarn ünner sien Kommando staohn. Mit dei Parole ›Dei Menschheit, lang schall se leben!‹ haar hei dei nao vörne dräben. Dei Kratzer up sien Rüggen – 'n poor Tiere erinnern sick doran – wassen dat Spauer van Napoleon siene Tuusken.

In'n Hochsommer leet Moses sick eiß weer seihn. Eines gaun Morgens seet dei Kraih weer up sien Staoken achter dei Sietdörn. Mehrere Johrn was hei verschwunnen wäsen. Verännert haar hei sick nich. Dei Arbeit haar hei immer noch nich uutfunnen, un hei däölde immer noch denselben Strämel van den Zuckerstangenbarg herünner. Gern seet hei uck bi'n Huuse up'n Stubben, klappde aff un tau mit siene schwatten Fläögels un präötkede stundenlang, wenn hei man ein' fünnd, dei taulustern dö: »Dor baoben, Kameraoden«, fierlich sä hei dat un dö so, as wenn hei hochkeek, »dor baoben, jüst achter dei schwatten Wolke, dor ligg dat Zuckerstangenland, dat glückliche Land, wor wi armen Tiere us bit in alle Ewigkeit van uuse Arbeit uutruhn käönt.«

Hei dö dann so, as wenn hei dor all wäsen was, wenn hei eiß maol ganz besünners hoch upstägen wör. Dann haar hei up dei Euwers dei leckeren Liensaotkaukens un dicken Zuckerstücke seihn. Dei Maihwissken un Klaowerweiden haarn ünner üm lägen, immer un alltied lieker greun. Dei meisten Tiere nöhmen üm dat aff. Sei dachden sick dat so: »Uus Läben is Hungern un Quälen, änners nicks. Wenn et irgendwor 'ne bätere Welt gäben dait, dor kann man ja nich gägen wäsen.«

Dei sick tau Moses komisch verhüllen, dat wassen dei Schwiene. Ein' mit'nänner sän dei: »Dei Laiwams, dei lügg«, leeten üm aower up sien Stubben sitten, bröchden üm sogaor jeden Dag 'n lüttket Glas Beier.

At sien Hauf weer bäter worn was, haude Boxer weer ran as alltied. Dei ännern Tiere dön' aower uck wat se kunnen. Dat was ja nich minne, wat äöwer't Johr aal farig wern möss. Tau dei regulären Arbeit uppe Farm was väl taubikaomen: Dei Windmäöhlen mäössen se noch maol weer upbaun, un dat Schaulhuus schull uck noch vör'n Winter farig wern. In'n März wassen se dor bi anfangen. So'n Pand Arbeit vör sick tau häbben, dorbi in'n Winter nich önlick satt tau fräten, dat was för dei Tiere hart. Boxer dei jammerde ja nich. Wat hei so schnackde, un wo hei sick bewägde, doran kunn man nich marken, dat siene Kraft naolaoten haar. Wo hei sick hüllt, wenn hei unbedacht dor so stünnd, dann kunn ein' aower doch woll dei Gedanke kaomen: »Boxer is öller worn.« Hei leet sien Kopp 'n bäten hangen, sien Fell was nich mehr so glatt – äöwerall leeg dor Schinn uppe –, un hei was uck wat maogerer worn. Wecke sän uck: »Och, teuvt man aff, wedd boll weer greun, Boxer dei frett sick dann weer up.«

Up den Hang uut den Steinbruch heruut, wenn Boxer dor siene ganze Kraft gägen dat Gewicht van'n dicken Stein stemmde, dann sehg dat so uut, as wenn üm bloß noch siene Willenskraft uppe Beine hüllt. Wenn hei dann weer tau Puuß kaomen was, dann sä hei aower trotzdem: »Ick will noch harter arbeiten«. Luzi un Benjamin, dei dat äöwerkeeken, waohrschaun üm, hei möss up siene Gesundheit achten. Boxer lusterde dor aower gaor nich up. Hei haar sien twäölvten Geburtstag in'n Koppe. Wenn hei dann uphörn dö tau wuracken, schull 'n grooten Hoop Stein' ranschafft wäsen. Änners wat interessierde üm nich.

Poor Daoge läöter, dat was all nao Fieraobend, dei Tiere seeten off stünnen up'n Haowe herüm, wassen meue, aower uck taufräe, do flögen twei Duuben mit 'ne leipe Naoricht in'n Hoff herin: »Boxer häff sick fallen! Hei ligg uppe Siete un kann nich up!« Hei was noch maol allein weer lostrocken, üm 'n Fäuher Stein' nao dei Mäöhlen tau bringen.

At dei ännern Tiere üm fünnen, leeg hei vör sien Waogen tüssken dei beiden Stangen vanne Einspännerdießeln, mit'n Kopp lank vöruut. Hochnähmen kunn hei den nich mehr. Siene Oogen wörn glaosig. Schweit streek üm van'n Balge daol. Uut siene Muulen drüppelde Blaut.

Luzi leet sick näben üm uppe Knei sacken. »Boxer, wo gaiht di dat?«, röp sei üm in't Ohr.

»Is miene Lung«, sä hei liese un mit liggen Tung. »Maokt nicks. Ick haop, gi kriegt dei Windmäöhlen aohne mi farig. Dor ligg doch all 'n schön' Hoop Stein. Ick haar ja sowieso bloß noch ein Monat wieterarbeiten kunnt. Ehrlich gesäggt, dat ick bolle nich mehr arbeiten bruukde, dat dat Quälen 'n End haar, dor häbb ick mi all länger up frait. Villicht kunn et ja so maokt wern: Benjamin is bloß 'n bäten jünger as ick. Wenn se üm mit mi gaohn leeten, dann haar ick Sellskupp.«

»Hülpe mott dor her!«, röp Luzi. »Loopt! Tau! Irgenein' mott Quiekert vertellen, wat passeiert is!«

Tatsächlich rennen do aal ännern Tiere weer nao'n Hoff trügge. Benjamin bleev allerdings uck bi Boxer. Hei lä sick näben üm daol. Mit sien langen Stert wull hei dei Fleigen föstern.

Nao'n virrel Stunnen köm Quiekert. Boxer dö üm ehrlich leid. »Boxer«, sä hei, »Genosse Napoleon häff van dien Malheur hört. Dat sien allerbesten Arbeiter so wat taustött is, dor is hei ganz dörnänner van. Hei krigg dat aower hen, dat du nao Wellington in't Krankenhuus kummps.«

At Luzi un Benjamin dat vernöhmen, passde ehr dat nich so recht. Boxer in Menskenhannen tau wäten, dor mäöchen sei nich eiß an denken. För Quiekert was dat aower kien Problem, dei beiden tau verklorn, dat 'n Veterinär, dei as Chirurg arbeit't haar, in'n Krankenhuuse Boxer väl bäter kuriern kunn. So wat up'n Haowe tau verseuken, dat was tau gefäöhrlick. Mit väl Hülpe köm Boxer 'n halwe Stunnen läöter weer uppe Bein'. Un mit Straoken un gaut Tauräden kreegen sei et dann uck reie, dat hei bit nao Huus henhumpelde. In Boxer sien Stall was all mit'n Halvstieg Schöwe frisket Stroh 'n Krankenlaoger instreit. Off Quiekert dor för sorgt haar?

Dei eiersten beiden Daoge bleev Luzi den ganzen Dag bi Boxer. Dei Schwiene kömen mit'n grooten Buddel rosa Medizin, dei sei in'n Medizinschrank van Jones funnen haarn. Luzi geev üm dei, daogs tweimaol nao dei Maohltieden. Aobends leegen dei beiden näbenänner in'n Stall un schnackden äöwer oole Tien. Benjamin jaogde sowießen dei Fleigen weg. Boxer dö dunn so, as wenn hei sick äöwer dat, wat üm passeiert was, nich daon' argen dö. Wenn hei sick man wieter so bäterde, bleeben üm ja villicht sogaor noch drei, veier schöne Johrn. Dann drömde hei uck all van dei ruhigen Daoge bi Sünnenschienweer inne Ecke van dei ›Langen Weide‹. In sien Läben was dat dann dat eierste Maol, dat hei richtig Tied dortau haar, sick wietertaubilden. Hei haar sick vörnaohmen, sä hei, hei wull aal veieruntwintig Baukstaoben van't ABC kennenlern.›A‹ un ›B‹ kennde hei noch, ›C‹ un ›D‹ haar hei intüsken weer vergäten.

Benjamin un Luzi kunnen Boxer wanneier bloß noch nao Fieraobend beseuken, wägen dei Arbeit. Äöwer Dag wassen sei up'n Lannen oder bi dei Mäöhlen. Wat't Malheur dor dann tau dö, dei Waogen, dei Boxer affhaolen schull, dei köm inne Arbeitstied. Aal Tiere wassen do irgendwor taugange, dei meisten wörn an't Reuben wein. Dei keeken up, at Benjamin van'n Hoff her anrennen kööm. Hei larmde all van wieten. So upgerägt haarn sei den Äsel seläwe noch nich seihn; was uck dat eierste Maol, dat sei üm galoppiern sehgen. »Drocke, drocke!«, röp hei. »Sofort herkaomen, dei nähmt Boxer mit.« Dei Tiere up'n Lann' teuben nich, bit ehr Upseher wat sä, sei leeten dei Arbeit einfach fallen un rennen nao'n Hoff hen. Tatsächlich, dor stünnd 'n Spann Peer vör 'n grooten Veihwaogen mit Leddern un Sietenbrär. Up'n Buck seet 'n Kerl, dei mit sien flachen Bowler nich geheuer uutkeek. In Boxer sien Stall was nümms un nicks mehr inne. Dei Tiere drängden sick üm den Waogen ümtau. »Wiedersehn, Boxer!«, röpen se, »Wiedersehn!«

»Idioten! Gi Idioten!«, schüllt Benjamin, güng in'n strammen Träe üm dei ännern ümtau un stappde mit sien lüttken Häuwe uppe Grund. »Idioten! Käönt gi nich läsen, wat an den Waogen staiht?« Mit maol was et do ganz ruhig. Muriel füng an, sick dei Baukstaoben tausaometauseuken.

Benjamin schubste dei Zäge aower upsiet, in Läsen was hei fixer:

»›Alfred Simonds, Peerschlächterei un Liemkaokerei, Willingdon.

Hannel mit Felle, Knaokenmähl un aals wat man för Hünn' bruukt‹.

Verstaoht gi dat nich? Dei bringt Boxer nao 'n Peerrössker!«

Do knallde dei Kerl up'n Buck mit dei Schwäpen. Siene Peer trücken an, nöhmen langsaom Draff up, dei Veihwaogen mit Boxer rullde van'n Hoff aff, aal Tiere löpen dor achteran, sei larmen so luut, as sei man kunnen. Luzi sehg tau, dat sei anne Spitze vanne Tiere köm. Dei Veihwaogen wüdd allerdings immer schneller. Do versöchde sei tau galoppieren, schaffde dat aower nich eiß füfftig Träe. »Boxer!«, röp sei, »Boxer! Boxer! Boxer!« As wenn dei dat hört haar, hei köm an dat lüttke Fenster inne Achterklappen van den Waogen. Sien Gesicht mit dei witten Blässen dei Näsen herdaol kunn man gaut seihn.

Luzi geev immer noch nich aals verlorn. Sei röp noch twei, drei maol, ehre Stimm' äöwerschlög sick: »Boxer! Kumm dor heruut! Kumm schnell heruut! Dei fäuhert di in'n Dood!« Do trücken dei Peer noch scharper an – un Luzi wüdd langsaomer. Dei ännern Tiere nöhmen ehr »Kumm heruut, Boxer, kumm heruut!« noch up. Off dat noch wat retten kunn? Dei Waogen was doch all 'n ganzen End hendaol. 'n Poor Tiere kreegen dat jüst noch mit: Boxer nöhm sien Kopp van't Fenster trügge, was nich mehr tau seihn.

Haar hei villicht doch aals verstaohn? Van wieten kunnen dei Tiere dat hörn: Hei donnerde mit siene Häuwe wecke gägen dei Klappen, versöchde, sick 'n Uutweg tau verschaffen, geev sick also noch nich up. So lang was dat ja noch gaor nich her, ’n Johr trügge, do haarn drei, veier Schläge van üm uutreicht, so ’ne hölten Klappen uut dei Hängden tau haun. Un nu? Üm verlöten dei Kräfte. Siene Schläge gägen dei Klappen wüdden lieser, bit man nicks mehr hörde. Vertwiewelt as sei wassen, appellierden dei Tiere do noch an dei beiden Waogenpeer: »Kameraoden, Kameraoden! Gi fäuhert jaun Brauer in’n Dood.« Dei beiden Peer begreepen aower nicks, län dei Ohrn an un löpen noch ’n Tratt schneller. Boxer köm nich weer an’t Fenster. Tau laote! Ein’ haar ja den Waogen vöruploopen kunnt, haar anne Straoten dei iesern Porten in’t Schlott schmieten kunnt. Jüst at Luzi dat dachde, bögde dei Veihwaogen uck all dör dei Porten uppe Straoten. Bloß noch ’n kotten End kunnen dei Tiere Boxer naokieken. Weerkaomen is hei nich, seläwe nich.

Drei Daoge läöter all wüdd bekanntgäben, Boxer was in Willingdon starben. In’n Krankenhuuse haar man noch aals ünnernaohmen, wat man bi’n doodkrank Perd äöwerhaupt noch maoken kunn. Quiekert köm mit disse Naoricht an. Hei sä, hei was in Boxer siene lästen Stunnen bi üm wäsen, haar üm noch straokt un aff un tau mit’n natt Handdauk dei Lippen nattmaokt.

»So wat, dat gaiht ein’n dann doch tau Harten«, sä Quiekert, nöhm sien rechte Vörderpötken hoch as wenn hei dat beschwörn wull, wisskede sick dann aower dormit ’n Traonen vanne Backen. »Jao, ick seet an sien Bedde, bit hei ’t schafft haar. Kott vör sien Doe, hei kunn all gaor nicht mehr, do flüsterde hei mi in’t Ohr: Dat was sien einzige Kummer, wenn hei starben möss, un dei Windmäöhlen was nich mehr farig worn. ›Anne Arbeit, Kameraoaden!‹, röchelde hei. ›Aals för dei Rebellion. Dei

›Animal Farm‹, lang' schall se läben! Napoleon, lang' schall hei läben! Napoleon häff immer recht!‹ Dat was dat Allerläste, wat hei heruutkreeg.« Mit maol sett'de Quiekert ein ganz ännert Gesicht up. För'n Moment sä hei gaor nicks. Un wo hei sick mit sien lüttken Oogen rundkeek, bevör hei wietermök! Üm was 'n dumm un gemein Gerücht tau Ohrn kaomen, sä hei. An den Veihwaogen haar ›Peerschlächterei‹ staohn. 'n poor Tiere haarn dat läsen. Un do was et rundgaohn: ›Boxer, den bringt se nao'n Peerrössker‹. So wat was schnackt worn, at Boxer wegbräöcht worn was. »Is nich tau glöben«, sä hei, »dat 'n Tier äöwerhaupt so dussellig wäsen kann.« Dorin was hei sick sicher, sei kennen doch aal dei gaue Natur van ehrn geliebten Führer Kameraod Napoleon. »Den so wat tautautraun!«, röp hei wütend. So was dat kaomen: Dei Waogen haar tatsächlich 'n Peerrössker tauhört. Dei Veterinärmedizinisch Chirurgische Abteilung van't Krankenhuus haar den van den Rössker köfft, was dor aower noch nich tau kaomen, den Naomen äöwertaustrieken. So was et tau dat Missverständnis kaomen. »So einfach is dat«, sä hei.

Wat dann doch noch bi wecke as Twiewel hangenbläben was, off aals mit rechten Dingen taugaohn wör, villicht haar Boxer ja noch unnödig väl Pien hat, sei wüssen dat ja nich, dat verlös sick. Quiekert hülp aower uck noch 'n bäten nao: »Wo dei sick in'n Krankenhuuse üm Kameraod Boxer kümmert häbbt, dat kanns du bloß bewunnern. Doch! Boxer kreeg dei allerdürsten Medizin. Un Napoleon häff aals betaohlt, wat dat uck kossen dö. Ick sülben häbb uusen tapferen Kameraoden den lästen Dienst daon. Ick seet ja an sien Bedde. Ick häbb Boxer dei Oogen taudrückt.« Dei Tiere haarn Quiekert gaut taulustert. Do günk et ehr uck all wat bäter. Sei haarn nich mehr so väl Sorgen dorüm, wo et mit Boxer ganz tauläste taugaohn was, sogaor wüssen, dat hei glücklich un taufräe storben was.

Up dei Versammlung ännern Sönndagmorgen köm Napoleon höchst persönlich. Siene kotte Anspraoke füng dormit an, dat Boxer mit Sicherheit van aal Tiere för ›vandaoge un för alldaoge‹ dei kräftigste, fliedigste, tapferste, treueste un kläukste Kameraod wäsen was. Immer haar man sick up üm verlaoten kunnt. Hei hüllt sick dor aower nich lange bi up, dat et leider, leider nich mäögelk wäsen was, den so ›unverhofft Verstorbenen‹ weer nao Huus tau haolen. Ein feinen, grooten, würdigen Lorbeerkranz schull üm up’t Grab leggt wern. Tauläste kreeg hei dann noch den Draih an siene Räde, sick sülben in’t Spill tau bringen. Hei erinnerde an Boxer siene beiden Grundsätze ›Ick will harter arbeiten‹ un ›Kameraod Napoleon häff immer recht‹. Dei Tiere schullen dei för sick äöwernähmen. ’n Fähler was dat sicher nich. Hei sä dann noch, dei Schwiene arbeiten dor all an’, eine Fier vörtaubereiten, üm Boxer tau ehrn.

At et endlich so wiet was, fäuherde morgens all frauh ein Koloniaolwaorenhändler up’n Hoff. Dei bröchde ’ne schwore hölten Kissen un nöhm den Lorbeerkranz för Boxer siene Grabstäe mit nao Willingdon. Dei Tiere bruukden nich tau arbeiten un kreegen nich bloß satt, sei wüdden sogaor mit dat Allerbeste trakteiert. In dei taukaomen Nacht güng et dann allerdings in’n Waohnhuuse reuklos tau Keer. Dat Singen eierste kunn man noch gellen laoten. At dat dann aower in Grölen äöwergüng?

Twei Schwiene schüllen sick gägensietig uut. So as dat luude, kreegen se sick sogaor bi dei Bössen. Ungefähr Middernacht mott dat wäsen häbben, do hörde man, Jones' Porzellaon un Glassaoken wüdden gägen dei Wännen schmäten.

Ännern Dag rögde sick in'n Waohnhuuse vör Middag nicks. Dei Schwiene un uck dei Hünn' bleeben einfach liggen. Dei ännern Tiere kömen ja so as alltied taugange. Weil ehr nich säggt wüdd, wor sei bi anfangen schullen, stünnen se herüm' un schnackden uck so wat: »Dei Schwiene, dei Donners, dei häbbt sick Geld beschafft, üm sick eine Kissen besten Whisky koopen tau käönen. Wo häbbt dei Rackers dat bloß henkrägen?«

Kapitel X

Mit dei Johrn is et uppe ›Animal Farm‹ so wiet kaomen, dat sick bloß noch Luzi, Benjamin, dei Kraih Moses un ’n poor Schwiene an dei Tien vör dei Revolution erinnern kunnen. Dei läben noch, haarn uck noch nich aals vergäten. Muriel was doote, Bluebell, Jessie un Pincher wörn doote, Jones uck. Hei was in’n affgelägen Bezirk in eine Trinkerheilanstalt inläwert worn un dor dann uck starben. Schneiball was vergäten. Well dachde noch an Boxer? Dei kotte Tied, dei ’n Tier lävt, gaiht schnell vörbi. Luzi was mit dei Johrn eine buukte oole Mährn worn, upfällig stief uppe Bein’, un wenn sei dor nich jüst up letten dö, dann hüngen ehr dei Oogen so halvwägs tau. Wägen ehr Öller bruukde sei an un för sick all twei Johr nich mehr arbeiten. Dei ännern Steinoolen güng dat aower nich bäter. Vanne ›Langen Weide‹ för dei ’ne Ecke afftaufrän, dor schnackde uck all nümms mehr van. Napoleon wög intüssken siene dreihunnert Pund. Quiekert was so ielen fett worn, hei kunn recht nich mehr uute Oogen kieken. Benjamin haar sick nich verännert, dei was so bläben as alltied, ümme Näsen tau woll ’n bäten grieser, sietdem Boxer doote was van Charakter villicht sogaor ’n bittken gneisiger un noch luuriger.

Tiere geev et tau dei Tied up dei ›Animal Farm‹ ’n masse mehr as vör dei Rebellion, räkt haar man aower mit ’n noch gröttern Tauwass. Wecke van dei Jungen was noch eiß maol vanne Rebellion vertellt worn, direkt erinnern kunnen dei sick ja nich. Un Tiere, dei tauköfft worn wassen, dei haarn sowieso ’n ganz ännert Verhältnis tau den Ümschwung. Wor dei geborn wassen, well haar dor van Rebellion schnackt?

Veier Peer wassen dor nu uppe ›Animal Farm‹, Luzi un drei groote, starke Arbeitspeer. All drei wassen gaue Kameraoden, aower so dumm as Stroh. Van dei is nich ein’ äöwer den Baukstaoben ›B‹ heruutkaomen, wat dei sick uck anstrengen dön’, dat ABC tau lern. Wat Luzi dei van Rebellion vertellde, speziell van’ den Animalismus, dat glöben dei, aohne wieters naotaudenken, aohne noch irgendwat naotaufraogen. Weil se partout nicks sän, wüss man dat aower uck nich so genau, kunn ja uck so wäsen, dat se van Rebellion un Animalismus reinweg nicks verstünnen. Tau Luzi verhüllen dei sick so, as wenn dei ehre Mauder was.

Man kunn säggen, dat et dei ›Animal Farm‹ mit dei Johrn ’n Ticksken bäter güng. Van Pilkington haar Napoleon sogaor twei gröttere Ackerflächen taukoopen kunnt.

Dei Windmäöhlen haarn dei Tiere uck farig krägen. Eine Dösskemäöhlen un ’n Elevator för Hai un Stroh wassen anschafft worn. Mehrere Gebäuden haarn se intüssken uck farig krägen.

Mit dei Windmäöhlen elektrischen Strom tau erzeugen, dat haarn sei aower nich henkrägen. Roggen, Gessen, Weiten un Haowern mählen, dat klappde all gaut. ’ne ganze Riege Naoberbuurn leet ehrn Körnarn uck uppe ›Animal Farm‹ mählen. Wenn dor man Wind was! Dat schmeet dann ganz önlick Geld aff: Wenn ein Buur nich mit Geld betaohlen kunn off wull, dann wüdden van jeden Sack Mähl twei Schuppvull as Toll trüggehoolen. Dei

Tiere wassen sogaor dorbi anfangen, noch ’ne Windmäöhlen uptausetten. Wenn dei dann farig was, so wüdd säggt, dann wüdden dei Dynamos installiert. Wat aower nich mehr erwähnt wüdd, Schneiball haar dat vör Johrn ja prophezeit: elektrisch Licht, koolt un warm Waoter inne Ställe, bloß noch drei Arbeitsdaoge inne Wäken, veier Daoge frei. Van den Luxus wüdd nich eiß mehr drömt. Napoleon haar dor wat gägen vörbräöcht. So wat, dat passde nich tau dei Prinzipien van Animalismus. Ganz sicher was hei sick dorin, haar hei säggt, staodig Glück, Läben aohne jede Sorge, dat was bloß tau häbben, wenn uck staodig arbeit’t un alltied sporsaom lävt wüdd.

Dat leet dornao, as wenn dei Farm sick entwickelt haar, van den Tauwass was bi dei Tiere aower nicks ankaomen. För dei Schwiene un dei Hünnen gült allerdings wat änners. Wat kunn dat aower ja uck doran liggen, dat et intüssken ’n masse mehr Schwiene un Hünn’ gäben dö as vör Johrn, un dat was ja nich so, dat dei nich uck arbeiten dön’. Up ehre Aort dön’ se dat. Quiekert betonde dat immer weer, dei Arbeit tau organisiern un dann dor up tau achten, dat aals önlick maokt wüdd, wat dat för Maihte maoken dö. Un dat was nu maol so, dat allermeiste, wat Organisiern un Kontrolliern angüng, dat kunnen nich aal. Gaut, dat dei Schwiene sick dorför hergeeben un dat uck schaffen dön’. Mit ’n Beispiel köm hei uck: Deilwiese wassen dat ganz geheimnisvulle Saoken, so as Akten anleggen un führn, Berichte un Protokolle schrieben un Memoranden upsetten. In ehre Büros haarn dei Schwiene groote Baogens Papier. Dei mäössen van beiden Sieten ganz akkraot vullschräben wern un dann uck noch jeden Aobend vör Fieraobend in’t Für stäken wern – ünner

Kontrolle van dei Hünn' –, weil dat allermeiste ja streng geheim was. Dat aal in Ordnung tau hoolen, dat was för dei Farm unendlich wichtig.

Wat sick bi allen Fortschritt nich verännert haar: Dei Schwiene nich un uck nich dei Hünn' produziern immer noch kien Fauer, nich eiß för sick. Genau dor leeg et dann weer an, dat sick uck för dei Tiere, dei inne Produktion stünnen, nicks taun Gaun verännert haar. Jedenfalls haarn dei dat nich markt. Luurigen Hunger haarn se alldaoge noch, sei leegen immer noch up Stroh, söpen immer noch uut den Waoterpaul ünnere Eiken, arbeit'den sommerdaogs buuten up'n Acker inne fellen Sünn', un in'n Winter kneep dei Külle. Aff un tau versöchden dei ölleren Tiere immer noch eiß weer heruuttaufinnen, wecker Johrn för ehr dei bäteren wäsen wassen, domaols bi ehrn Buurn Jones oder in dei Johrn, sietdem se den wegjaogt haarn. Sick genau erinnern, wo dat bi Jones un sien Menske wäsen was, kunn aower van dei Oolen nich ein' mehr, wat se uck naodachden un mit'nänner äöwerlän, üm sick gägensietig denken tau helpen. Wat dor taun Bein' köm, dat was nich mehr väl. Verdraoten stellen se faste: Dat is us doch aal vergäten. Dat einzige, wor se sick noch an hoolen kunnen, dat wassen dei Taohlen van Quiekert. Un dei sän ja klipp un klaor, nao Jones was et immer bloß bargup gaohn. Allerdings, wenn Quiekert uck immer weer sä, dat staiht hier schwatt up witt, off man sick up den Lierndraiher verlaoten kunn? Dat frögen sick wecke aower doch. Weil sei et wägen dei Arbeit immer lieker drocke haarn, schlögen sei sick den Gedanken dann doch weer uut'n Kopp. Dei einzige, dei 'ne eigen Meenung dörhoolen dö, dat was dei intüssken steinoole Äsel Benjamin. Hei läwde immer noch, wo gries un dweerig hei uck siet Johrn all was.

Hei sä: »Ick erinner mi an aal Einzelheiten van mien lange Läben un kann bloß fastestellen, dat dei Verhältnisse sick maläwe nich ännert häbbt, nich taun Gaun un nich taun Leipen. Dei käönt sick ampart nich ännern: Hunger, harte Arbeit, Krankheit, Dood un Missschläge sind dat Prinzip van't Läben. Dat häff Bestand, is nich tau ännern.«

So dör'n Dag geeben dei Tiere ehrn Glooben nich up, dat et 'ne Ehre un 'n Vörrecht was, uppe ›Animal Farm‹ tau läben. Uck dei ganz jungen un dei Tiere, dei van wiet her tauköfft worn wassen, dön' dat nich. So was dat schon: Wenn up'n Haowe ein' mit Jones siene Jagdflinten scheiten dö un wenn dei greun' Faohn' baoben an'n Mast flatterde, dann riskeden se sick, feuhelden sick as wat Besünners. Dörkaut wüdd dann immer weer van Neien, dat se Jones wegjaogt, dei SÄBEN GEBOTE vör'n Schürngäbel schräben un twei off drei Schlachten gägen den Mensken gewunnen haarn.

Dei Gloobe an Old Major siene Prophezeihungen hüllt sick uck immer noch irgendwor. Old Major haar ja vöruutsäggt: »Eines Daogs wedd dei Republik vanne Tiere uutroopen, un dann kummp et so, dat up dei greun' Wissken un Weiden van England nich ein einzig Spauer van'n menschlich Wäsen mehr tau finnen is. Irgendwann trett dat in, wanneier off wat läöter, verlaot't jau dortau.« Dat haar Old Major säggt. Wenn uck jüst nich aals so kaomen was, as sei dacht haarn, aower sei wassen sick dorin doch sicher, tau dei gewöhnlicken Tiere hörn sei nich, ehr güng et bäter: Wenn sei fliedig un hart arbeiten dön', dann för sick sülben, wenn sei eiß maol nich genaug tau fräten kreegen, dann nich deswägen, weil Mensken ehr Fauer afftrocken haarn. Un, bi ehr up'n Haowe löp nich eine einzige Kreatur up twei Beine herüm, bi ehr bruukde nümms ännersein as ›Meister‹ anräden. Sogaor dei Melodie van ›Tiere van England‹ wüdd do eiß weer summt, stillken natürlich. Dat Lied luut tau singen, dat riskierde sick nich ein' mehr.

Eines gaun Daogs, dei Böme wassen all greun, dei Blör aower noch frisk, trück Quiekert mit dei Schaope nao'n affgelägen Flach vanne ›Animal Farm‹. Jones haar sick dor all nich recht üm kümmert. Intüssken was dei Wisske mit Barken taubuusket. Dei frisken Barkenblör, dat was wat för dei Schaope, besünners för dei Auen mit ehre Lämmer. Quiekert bleev den ganzen Dag mit buuten, haar siene lüttke Herde in't Ooge, leet dei Tiere aower gewährn. Gägen Aobend löp hei allein weer nao Huus trügge. Dei Schaope bleeben buuten, acht Daoge inrund. In'n Weggaohn' sä Quiekert jüst noch: »Is ja warm Weer van Nacht.« So lange buuten un ünner sick, aohne dei ännern Tiere, dat wassen dei Schaope nich gewennt. Quiekert köm allerdings jeden Dag för'n poor Stunnen nao ehr heruut, röp aal tausaomen un übde mit ehr 'n neiet Lied in. Hei sä: »Dorbi käönt wi dei Ännern nich bruuken, dei stört us.«

At Quiekert siene Schäulers änner Wäken weer mit nao Huus nöhm – fein Weer was dat, uck dei ännern Tiere wassen van'n Lann' up'n Wäge nao Huus, haarn Fieraobend maokt –, do hünnskede up'n Haowe 'n Perd aohnwäten luut, so as wenn et sick verfährt haar. Dann noch einmaol un noch maol. Luzi ehr Stimm' was dat. Was sei in Not? Aal Tiere wüdden do iewerig, füngen an tau rennen un drängden sick up'n Hoff herup. Dunn sehgen sei 't, wor Luzi sick van verschrocken haar: Up'n Haowe löp 'n Schwien up siene Achterbein.

Un weer was dat? Quiekert, 'n bäten hölpen was hei noch. Gewennt was hei dat noch nich, dat hei sien dicken Buuk vör sick an drägen möss nich mehr hangen laoten kunn. Hei schaffde dat aower, äöwer'n Hoff einmal rund dei Balance tau hoolen. Do köm 'ne lange Riege Schwiene uut't Waohnhuus heruut, aal up ehr Achterpötkes. Nich jedet Schwien feuhelde sick sicher, dat sehg man. Ein off änner füng 'n bäten an tau struukeln. Dat mök dann 'n Gesicht, as wenn et sick gern up'n Stock affstütt't haar. At dat läste ›gewöhnliche‹ Schwien dat Huus heruut up'n Hoff trän was, knurren dei Hünn' van Napoleon siene Body Guard dor achteran. Nao dei treet dei Herold, dei schwatte Haohn' mit siene Träöte uut dei Huusdörn heruut. Hei kraihde all, at hei noch nich eiß ganz buuten was, üm dei Tiere ehrn grooten Führer, üm Napoleon antaukünnigen.

Höchstpersönlich köm dei as läste anstolziert, uck uppe Achterpooten. In sien rechte Vörderpötken hüllt hei 'n Schwäpen. För'n Oogenblick bleev hei in't Dörlock staohn – üm up aal ännern Tiere herdaolkieken tau käönen.

Do kunns du 'n Strohspier fallen hörn: Dei Tiere wunnern sick dann doch nich minnen äöwer den Circus, den dei Schwiene möken. Woll mehr uut Angst as uut Neiwind drängden se sick duun an'änner un bekeeken sick, wo dei Schwiene up ehre Achterpooten ehre Runde äöwer'n Hoff draihn. Langsaom, aower sei schaffden et. Dei ännern Tiere köm dat so vör, as wenn dei Welt up'n Kopp stellt worn was. At ehr eierste Schock sick verlorn haar, was et so, as wenn se dorup teuben dön', dat irgendein van ehr wat Afffälliges äußern wull, Kritik üben dö. Benjamin villicht? Genau in den Moment füngen aower dei Schaope an tau blaan: »Veier Beine sind gaut, twei Beine sind bäter! Veier Beine sind gaut, twei Beine sind bäter! Veier Beine sind gaut, twei Beine sind bäter!« Un dat so lange, bit aal Schwiene weer in't Waohnhuus marschiert wassen, un dei Gelägenheit, Kritik tau üben, vörbi was.

Benjamin markde, dat üm well mit de Näsen anne Schullern stubsde. Luzi was dat. Sei keek noch blinder uut ehre Oogen as sonst. Aohne wat tau säggen, trück sei üm anne Mähn' vörsichtig mit nao dei grooten Schürn hen, vör den Gäbel, wor dei SÄBEN GEBOTE stünnen. 'ne Minute off twei keeken dei beiden up dei teerten Wand mit dei witten Schrift.

»Ick weit et nich«, sä Luzi do, »miene Oogen maokt nich mehr so richtig mit. Läsen kunnt häbb ick dat maläwe ja noch nich, wat dor vör'n Gäbel staiht. Nu lett mi dat aower so tau, as wenn sick dor wat verännert häff. Sind dei SÄBEN GEBOTE immer noch deiselben, Benjamin?«

För dit Maol brök dei Äsel ein' van siene Prinzipien: Hei lees Luzi vör, wat vör'n Gäbel stünnd. Van dei SÄBEN GEBOTE was bloß noch ein' äöwerbläben un dat heet:

AAL TIERE SIND GLIEK.
AOWER EINIGE TIERE SIND GLIEKER AS DEI ÄNNERN.

At se dat läsen haarn, köm ehr dat nich mehr so ganz fremd vör, dat aal Schwiene ännern Dag bi't Arbeitindeieln 'n Schwäpen in ehre Pötkes hüllen. Dat passde dann ja uck, dat dei Schwiene sick ’n Radiostation köfft haarn, sick Telefonanschluss besorgden un Zeitungen un Zeitschriften bestellen dön’: *John Bull, Tit-Bits un Daily Mirror*. Do wunnern sei sick äöwer nicks mehr, uck nich, dat Napoleon mit’n Piepen inne Schnuuten in’n Gorn achter’n Huuse up un daol güng. Sei verschrücken sick nich eiß mehr, at dei Schwiene Jones’ Saoken uut dei Kleerschäppe kreegen un dei uck antrücken. Napoleon treet in’n schwatten Mantel, bruune Breeches un lern Gamasken heruut. Dat Muttschwien, dat hei am leivsten lien mög, köm in Mrs Jones ehr flämm’tet Sönndaogssiedenkleed nao buuten.

Änner Wäken all fäuhern nommdaogs mehrere Jicks up’n Hoff: Naoberbuurn wassen inlaon, dei ›Animal Farm‹ tau bekieken. Quiekert wiesde ehr aals, un dei Buurn wullen woll taugäben, wo se sick wunnern äöwer dat, wat se tau seihn kreegen. Besünners gefüllt ehr dei Windmäöhlen.

Dei Tiere leegen sowießen up’n Lann’, wassen an’t Reuben wein’. Sei wörn fliedig taugange, waogden recht nich, den Kopp hochtaunähmen un wüssen nich mehr, wor se am meisten Angst vör häbben mäössen, vör dei Schwiene off vör den aparten Beseuk.

Aobends kunnen dei Tiere up’n Haowe hörn, dat et in’n Farmhuuse doch recht munter tau Keer güng. Eierst wüdd väl un luut lachert, wat läöter luut larmt un sungen. As wenn ehr wat äöwerköm, mit maol wüdden dei Tiere do neiwinnig: Dor was di dann doch dei End van wäge, wenn dei Schwiene un dei Buurn tausaome fiern dön’. Wat was dor binnen enlick los, dei dön’ doch so, as wenn Mensken un Schwiene gliek wassen? Ganz vörsichtig, so liese as mäögelk, schlüngen dei Tiere do ein' nao'n änner in'n Gorn herin. 'n poor van ehr kreegen et doch noch 'n bäten mit dei Angst, wenn se sick uck stramm anne Grund dör dei Porten schöben. Luzi sorgde dann dorför, dat et wietergüng, up Tehnspitzen bit an't Huus heran. Dei, dei groot genaug wassen, dei pliern dör dei Fensters nao binnen. Dor seeten an den Käökendisk 'n halv Dutz Buurn un'n halv Dutz Schwiene. »Dei Bäteren«, mümmelde Benjamin. Den Ehrenplatz vör'n Diske haar Napoleon besett't. Un dat scheen so, as wenn sick dei Schwiene – mit ehrn Hintern uppe Stäuhle – recht bequem feuheln dön'. Dei Gesellschaft spälde Korten, leet dei aower uck eiß liggen, üm' mit 'n Beier antaustöten. Deswägen woll haar kienein' van dei ›feine Gesellschaft‹ dor Arge up, dat neiwinnige Gesichter ehre Näsen anne Schieben plattdrückden.

Mr Pilkington van'n Fossbusk stünnd up, sien Glas inne Hand. Hei wull 'n Toast uutbringen, vörher wull hei aower noch 'n poor Wör säggen. Dat was siene Pflicht, mennde hei. Wat hei anspräken wull un möss, dat kunn hei risk heruut säggen, weil, dat wüss hei ganz wisse, weil sick dat van dei hochverehrten Anwesenden nümms antrecken bruukde.

Nao disse Vörräde köm hei dann endlich tau dei Hauptsaoke: »Eine lange, lange Tied vuller Misstraun un Missverständnis ligg nu achter us. Ick feuhl dat un bin mi sicher, dat jau aal dat so gaiht. Dat häff ja 'ne Tied gäben – dei häff et tatsächlich gäben –, dat dei verehrten Eigentümer vanne ›Animal Farm‹ van ehre menschlichen Naobers, nich jüst feindselig, aower doch schäl ankäken wüdden. Is 'n Malheur, dat väls tau väl Lüe nich van

Anfang an den Anstand un nich den Verstand hat häbbt, dei Eigentümer vanne ›Animal Farm‹ tau achten, ehre Ideen tau verstaohn. Wecke häbbt tatsächlich mennt, dat kunn gaor nich angaohn, dat Schwiene jüsso as wi Buurn Eigentümer van eine Buurei wäsen kunnen un dei dann uck noch önlick verwohrn dön'. Sücke Lüe häbbt tatsächlich glövt, gautgaohn kann dat äöwerhaupt nich; mit so'n Betrieb kunn man doch nich naobern. Aohne dor genauer uptaukieken, sind väls tau väl Buurn dorvan uutgaohn: Up so 'ne Buurei kann et doch bloß drünner un dräöwer gaohn; wer kann dor för Disziplin un Ordnung sorgen? Nervös wassen dei, haarn Angst, so wat kunn schlechten Influss up ehr eigen Veih häbben. Kunn sogaor ehre eigen Knechte un Mäögde upsteuben. Dat is nu ja vörbi. Dat wüdd aower uck Tied!

Vandaoge häbbt wi Gelägenheit krägen, us uppe ›Animal Farm‹ üm'taukieken, aals genau in Oogenschien tau nähmen. Un wat häbbt wi vörfunnen? Nich bloß dei allermodernsten Anbau- un Haltungsmethoden, uck Disziplin un Akkuratesse. Wat denkt gi? Is dat nich so, vanne ›Animal Farm‹ kunn mancherein' van us sick 'n Schieben affschnien? Ick häbb uck den Indruck gewunnen, uppe ›Animal Farm‹ arbeit't dat schlichtere un van Natur traogere Veih mehr as bi us, un dorbi kummp dat nich ganz so fixe Veih dann uck noch mit weniger Fauer uut. Naobers, häbbt gi nich all, so as ick, in'n Achterkoppe äöwerleggt, dat wi van dat, wat wi vandaoge seihn häbbt, up uuse Häöwe 'n ganze masse bruuken kunnen?«

Dat was et dann woll aal, wat hei sick as Räde vörher äöwerleggt hat haar. Jedenfalls, Neies köm van üm nich mehr. Hei füng an, sick tau wedderhaolen. Dat kunn aower ja uck doran liggen: Hei haar all allerhand Beier uppe.

Hei köm noch maol up dei fröndschaftlichen Beziehungen trügge, dei jetzt tüssken dei ›Animal Farm‹ und dei ehre Naobers bestünn' un bestaohn blieben mäössen – eine moraolische Pflicht för aal was dat –, dat geev tüssken Schwien' un Mensken kiene Interessengägensätze, äöwerhaupt kiene. Ehre Probleme un Schwierigkeiten, dat was doch ein un datselbe. Was nich dat Theaoter mit dei Arbeitskräfte äöwerall gliek?

Dunn wull Mr Pilkington 'n Witz vertellen. Dat glückde üm eierste aower nich: Üm sülben schöt et in't Lachen. Hei schüddelde sick un prussde, so daon', dat hei bolle uut'n Aom köm. An'n Hals un üm' Kopp tau löp hei dunkelrot an. Nao 'ne lüttke Pause schöt et dann uut üm heruut: »Gi häbbt jaun Spektaokel mit jau dummen Tiere, den wi mit uuse ünnersten Klassen häbbt.« Dei Gesellschaft brüllde vör Lachen, as wenn Pilkington mit siene Weisheiten gaor nich hölpen mit vör'n Dag kaomen was. Hei gratleierde dei Schwiene dann noch maol dortau, dat se mit so wenig Fauer un mit so lange Arbeitsdaoge taurechtekömen un ehr Volk uppe ›Animal Farm‹ nich verwöhnen dön'.

Dunn nöhm hei sien Glas wat höger, wat dei ännern uck richtig verstünnen: Sei schullen upstaohn.

»Is jeder mit Beier versorgt?«, frög Pilkington.

»Jawoll, jeder häff wat tau drinken«, antwort'den dei Mensken un dei Schwiene, so as wenn se dat übt haarn.

»Naobers! Dat dei ›Animal Farm‹ floriert, dat dor alltied gaut Geld verdeint wedd! Dat is mien Toast. Prost! Prost!«

Do güng et dorbi, aal larmden dörnänner »Prost!« un

»Hoch!» un trappeln mit dei Fäute. Napoleon was so begeistert, dat hei nao Mr Pilkington hengüng, üm mit sien Naoberbuur antaustöten. Ehr Beier drünken dei beiden dann in ein einzigen Zug uut.

At dei Gesellschaft weer Platz nöhm, bleev Napoleon staohn. Hei wull uck noch taugange, bloß kott. Tatsächlich köm hei uck direkt up'n Punkt. Hei fraide sick, dat nu aals rägelt was, aower doch noch eins: Ehr was vörschmäten worn, jedenfalls haar et dat Gerücht gäben, dat dei Tiere vanne ›Animal Farm‹ dei Tiere vanne Naoberfarmen upsteuben dön', uck gägen ehre Buurn tau rebellieren. Hei kunn sick partout aower nich vörstellen, dat et wat gäben schull, wat hunnertprozentig anne Waohrheit vorbigüng. Sien einzige Wunsk was jetzt, aower uck immer all wäsen, mit dei Naobers in Fräen un in ganz normaole geschäftliche Beziehungen tau läben. Dei Farm as Betrieb, den hei leiten möss, was 'ne Landwirtschaftliche Genossenschaft. Dei Farm, wat dat Land angüng, dei hörde dei Schwiene. Jedet Schwien haar denselben Andeil dor an. Hei sülvs dö dei Papiere verwohrn.

Hei was sick dor einigermaoten sicher in'n, dat van dat oole Misstraun nicks mehr hangen bläben was. Üm dei Harmonie noch tau festigen, wull hei uppe ›Animal Farm‹ aower doch noch wat verännern.

»Bit vandaoge räd't sick uppe ›Animal Farm‹ aal Tiere mit Kameraod an, disse blödsinnige Maude mott verschwinnen.«

Dann geev et dor noch wat, nich ein' wüss, wo et dortau kaomen was un wat dat einlick schull, jeden Sönndagmorgen marschiern dei Tiere an'n Schädel van den oolen Eber vörbi. Dei Knaoken was in'n Gorn up'n Paohl fastenäögelt. Fastenäögelt wäsen, verbäterde hei sick. Intüssken haarn se den all weggraoben. Sien Beseuk was bestimmt uck upfallen, dat dei Hauf un dat Hörn van dei greun Faohn' verschwunnen wassen.

Ganz was hei do mit siene Räde immer noch nich tau Enn'. Hei möss an Mr Pilkington siene Anspraoke, so naoberskuppfröndlick dei uck wäsen was, 'ne Kleinigkeit kritisiern, sä hei. Mr Pilkington haar immer van ›Animal Farm‹ schnackt. Den Naom geev et gaor nich mehr. Wäten kunnt haar hei dat natürlich nich, weil hei, Napoleon, dat sonst noch naans bekannt gäben haar. Van sofort an heet dei Farm weer ›Manor Farm‹. Dat was van ools her ehr Naom wäsen un immer noch ehr richtige Naom.

Hei risskede sick un röp: »Naobers un Genossen, eierste aal Gläöser vull maoken! Herrschaften! Dat is mien Toast up dei ›Manor Farm‹, dat se alltied floriert un gaut Geld affschmitt. Prost! Prost ex!« Hei kreeg denselben Applaus as Pilkington, un all drünken ehr Glas in ein Zug uut.

Dei Tiere buuten achter dei Schieben wissken sick dei Oogen, sei dachden, so wat giff et doch nich. Wat binnen passeierde, dat köm ehr komisch vör. Wat se sehgen? Dei Schwiene verännern ehre Gesichter. Luzi keek mit ehr oolen Oogen jedet Schwien enkelt an. Wecke haarn 'n Dubbelkinn. Dei meisten kömen dor aower nich eiß mit uut. Bi dei güng dat üm' Halse tau in't Dreifache, sogaor in't Veierfache. Wat dei Hälse dicker wüdden, wüdden ehre Köppe lüttker, so sehg dat uut.

Dunn – intüssken was aals weer ruhig –, dunn nöhm dei Gesellschaft dei Korten weer up, üm wietertauspälen. Weil dei Tiere achter dei Fensters dat sehgen, wullen sei uut'n Gorn weer heruut. Sei wullen sick rechttiedig verdrücken, wassen aower noch man so 'n twintig Träe hen', do köm di doch uut'n Waohnhuuse ein Gebrüll heruut. Aal verfährn sick so daon', dat se batts staohn bleeben. Weil ehr Neiwind grötter was as ehre Bedenken, kröpen sei dann doch schlacke weer achter dei Fensters. Up'n Diske, ünner'n Diske, üm den grooten Disk ümtau, dor güng et di villicht tau Keer. Dat Geschrei was noch dat wenigste. Dei Kortenspälers donnern mit ehre Fäuste up'n Disk un keeken sick tau, as wenn se sick gägensietig upfräten wullen. Benjamin, dei oole Äsel, hei was dei einzige, dei begreeb, wor et dei ›feine Gesellschaft‹ üm güng: Napoleon un Mr Pilkington haarn gliektiedig Pikass uutspält.

Twölf Stimmen, aal ein'dör'nänner. Eine enkelde dor tüsskenuut tau hörn, dat was nich mehr mäögelk. Dei Tiere achter dei Schieben keeken noch maol van Schwien tau Mensk, van Mensk tau Schwien un noch maol weer van Schwien tau Mensk. Do was et ehr aower all nich mehr mäögelk, sick dei Fraoge tau beantworten: Wer is nu wat?

Dank

Aohne den Plattdütsken Arbeitskreis üm Prof. Dr. W. Kürschner anne Universität Vechte was ick nich up den Gedanken kaomen, George Orwell, Animal Farm, in't ollenborger Plattdütsk tau äöwersetten, naotauvertellen. Dei Arbeitskreis häff mi uck holpen, dei 'Vechter plattdütske Orthographie' wenigstens einigermaoten dörtauholen.

Aohne dei Institutssekretärin Marlies Völker was mi van mien Text lichtfarig wat verlorn gaohn. In ehrn Computer häff sei aals so akraot taurechtesett't, dat uck dei Druckerei mit den Satz kiene Maihte mehr haar.

Aohne dei Anglisten Aloys Wernke, Kerrin un Gerd Tebben – all drei perfekt in ollenborger Plattdütsk – haar ick dat Fiene van Orwell sien Text an väl Stäen nich so gaut nao't Plattdütske räöwerkrägen.

Aohne mien Menske was ick dor maläwe nich mit worn.

Ick bedanke mi.

Paul Brägelmann

Paul Brägelmann, 1926 in Südlohn' geborn, dor und in Baukern bi Lohn' upwassen, 1943 bit 1945 Luftwaffenhelfer, Reichsarbeitsdienst, Saldaot, amerikaonske Kriegsgefangenschaft, 1946 Abitur an'n Antonianum in Vechte, 1948 eierste Lehrerprüfung, 1949/50 Lehrer in Warnstedt (Kreis Cloppenborg), 1954 Dipl.-Volkswirt, 1958 Promotion taun Dr. rer. pol., 1956 bit 1971 selbstständiger Landwirt, 1971 bit 1990 Lehrer an'n Gymnasium Antonianum in Vechte för Wirtschaftslehre; verhieraot't, fief Kinner.

Buchveröffentlichungen:
Inwieweit kann das Heuerlingswesen einen Beitrag zur Gesundung der landwirtschaftlichen Arbeitsverfassung leisten? Dissertation, Münster 1958,
Braoms Bernd un Reuklosen Ziskao, Cloppenburg 1983,
Ool Siebzig un Reuklosen Fannand, Cloppenburg 1984,
Aals was noch ünner ein Dack, Cloppenburg 1985,
Ampart kien Kiewittsei, Vechta 1987,
Wilhelm Busch, Max un Moritz – up ollenborger Platt naovertellt van Paul Brägelmann, Vechta 1990,
Auf den Rheinwiesen – 101 Tage Kriegsgefangenschaft, Cloppenburg 1992,
Wenn jeder sien Deil dee – Säben Hörspille un ein Theaoterstück, Cloppenburg 1992,
Dei Baukerner – Braoms, Reuklosen un dei – , Cloppenburg 1996,
Als die Kreuze Haken hatten, Bremen 1998.